西班牙語熱門暢銷懸疑小說

利馬古書商

EL ANTICUARIO

Gustavo Faverón-Patriau

古斯塔沃・法夫隆—帕特里奧 著
顏慧儀 譯 何穎怡 審閱

好評推薦

波赫士＋博拉紐＋艾可：一本給知識分子看的謀殺小說

——商周出版選書顧問何穎怡

愛書人的貪嗔癡究竟能到何種地步？這本書中的詭計與線索，謎團與書中書，既像俄羅斯娃娃般的層層套疊，又如蜘蛛網般的步步黏膩，就是不讓你掙脫。無論如何，就是翻開書，放任自己沉迷吧！

——科普作家張東君

一部極富野心又極其複雜的小說……讀者會不由自主地和作者一同創作故事，和他一起幻想情節，且能夠享受小說底下隱藏的主題和祕密，而這一切就跟小說本身一樣豐富且深入，令人難以忘懷。

——諾貝爾文學獎得主馬里奧・巴爾加斯・尤薩（Mario Vargas Llosa）

這部小說和博拉紐的著作一樣，有許多令人不安、恐懼的元素……美麗而誘人……情節令人欲罷不能，詞藻讓人印象深刻——派特里奧的作品確實帶給讀者黑暗戰慄般的樂趣。

——《出版人週刊》重點書評

這本小說是一顆灰暗、殘酷，又令人戰慄的寶石。到處可見波赫士的幻象主義，以及卡爾維諾的《看不見的城市》的影子，但也更加神祕，更加驚悚，更加殘酷。《利馬古書商》講述一個有關文學、戰爭、瘋狂和友誼的故事，從頭到尾都讓人驚豔。

——《夜晚我們走入謎團》（*At Night We Walk in Circles*）作者丹尼爾．阿拉昆（Daniel Alarcón）

一本傑出的新哥德式小說……絕對會改變你的閱讀體驗。

——「三人一書」（Three Guys One Book）網站，丹尼斯．哈利托（Dennis Haritou）

有關詭計、偏執和追尋真相的小說，令人眼花撩亂且難以忘懷。少有一本書可以像《利馬古書商》這樣，結合了機智而複雜的情節編排以及豐富的詞藻。我一栽入古斯塔夫．法夫隆—帕特里奧編織的神祕夢幻故事中，就無法把書放下了。

——《青春之島》（*The Isle of Youth*）作者蘿拉．凡．登．伯格（Laura van den Berg）

散發智慧的精心傑作。

——秘魯小說家路易斯．埃南．卡斯塔涅達（Luis Hernán Castañeda）

開篇刻意模仿波赫士與奧斯特的風格，後來才超越了自身的限制，創造出風格獨立、動盪不安的小說世界，古斯塔沃寫了一部出色的小說。

——《圖書的狂熱》作者艾德蒙多．帕茲．索爾丹（Edmundo Paz Soldán）

情節令人心碎，同時又帶來救贖……照亮了恐怖與愛意之間深深的羈絆。

——《書目雜誌》重點書評（Booklist, Starred Review）

這本懸疑小說超乎常態，有其專屬規則，對一個飽受政治暴力破壞的社會而言，這種文學是最恰當的回應。

——*La Tercera de Chile*

以聖經故事做為破解謀殺案的線索，令人想起波赫士最有名的作品《死亡與指南針》，那也是艾可《玫瑰的故事》的靈感來源。但是千萬不要誇大這位阿根廷大師對《利馬古書商》的影響力，因為他們的風格與想像力均不同，後者偏向恐怖小說，致力挖掘人性邪惡面的傳統，是浪漫主義風格的哥德恐怖體。

——*El Comercio*

這位古書商暨藝術家兼殺人犯身繫囹圄，訴說他周遭世界的故事。秘魯文學史上鮮少看見以如此傑出文筆訴說如此令人感同身受的犯罪暴力故事。

——*Hueso Humero*

獻給卡洛琳，一如既往

每次你稱呼自己，
都是在稱呼另一個人。

——貝托爾特．布萊希特（Bertolt Brecht）

我該如何談論愛，談論你國度的溫柔山丘，
當我就像一隻貓，待在被水環繞的竿子上？
我該如何稱毛髮為毛髮，
牙齒為牙齒，
尾巴為尾巴，
而不明說老鼠這個字？

——安東尼歐．西斯內羅斯《祈禱》（*Antonio Cisneros, Oración*）

序幕

據十六世紀人文主義者康拉德・利科斯泰內斯之妻（她是個外國人）所言，她故鄉的女人曾經像母雞一樣下蛋。康拉德殺了他的妻子，在她去世的床上發現一顆黃色的蛋，透過蛋殼上的裂縫，他看到一張沉睡的臉孔，那張臉和自己一模一樣。一〇七六年，天主教神父康布雷的拉米爾杜斯的母親是個未婚懷孕的少女，他們殺了他。一三〇〇年，吉拉多・塞格萊利在一座穀倉內向智者傳教，他們殺了他。一三〇七年，多且諾神父繁殖公雞和母雞，他們殺了他。我聽到這些話：一四一五年，揚・胡斯要彼得發出三次雞啼，他們殺了他。一五三六年，雅可伯・胡特把他的信徒開腸破肚，他們殺了他。一五四六年，安・亞斯古用自己的血替她的小雞解渴，他們殺了她。

我聽到這些話語，不確定有多長的時間。我張開眼睛，閉上眼睛，然後又張開眼睛。我不知道究竟過了幾分鐘，幾小時，幾週。意識朦朧間，不管是晚上或白天，我都聽到那聲音繼續唸著同樣的名單：一五五五年，身為猶太之王的尼可拉斯・瑞德利被拔除羽翼，他們殺了他。一五五八年，喬弗瑞多・瓦拉格利亞從猶大那兒買了三十隻母雞，他們殺了他。一五六〇年，伯納迪諾·康特將自己的第一個孩子命名為抹大拉，他們殺了他。我不時聽到一個嘶啞結巴的聲音在耳裡進進出出，我睜開眼睛，看了看身處的房間。我注意到確切的時間，此時正值夜幕低垂，也或許即將破曉。接著我明白我在一間醫院裡。我繼續聆聽：一五八三年，迪亞哥·羅培茲以雀鷹的石刻雕像裝飾他的教堂，他們殺了他。我睡著了，在夢中，我發現我是在「另一間」醫院，這間醫院比較大且人群熙攘。然後我才發現剛才聽到的聲音是自己發出來的。我的臉被繃帶裹住：一條條紗布纏住我的鼻子、耳朵和眼睛。這就是我看不太清楚的原因。但不管如何我還是盡力去看。我的視線穿越繃帶探出去時，紗布就像半腐敗的果皮，分隔開內在與外在的世界，分隔開現實、夢境與記憶。一開始時，我什麼都搞不清楚。（截至目前為止）我不知道自己躺在這張床上多久了，也不知道我為什麼會待在這個醫院裡。過了幾天，我可以看得比較清楚了：我看到數名醫生和護士照料我，不過沒有人來探視——我的妻子在數年前過世了。她是在這間醫院過世的，還是另一間？我不知道。我只知道，一六〇〇年，喬達諾·布魯諾發明了僅用一隻翅膀上的羽毛去記憶所有事情的方法，他們殺了他。一六〇一年，巴圖羅米·科皮諾在他的頭冠纏上一圈荊棘環，他們殺了他。

有兩個醫生會來治療我，其中一個每次臉上都掛著微笑，另一個則總是面無表情，好像戴著一副陶瓷面具。幾天前，我請他給我紙跟筆，他轉而指示護士給我筆記本跟鉛筆，我在紙上胡亂畫了三天後，今天早上終於決定要寫點什麼。

一六一二年，巴特羅米‧萊卡特審查平民百姓的抗議抱怨，他們殺了他。我寫下第一行：這是一個古老的故事，對其他人而言，古老是指數個世紀以前，對我而言，卻是從十五或二十年前開始。然後我刪掉這一句，又寫了另一句——自丹尼爾殺了茱莉安娜的那一晚，已經三年過去了，而他在電話裡的聲音聽起來宛如陌生人——因為我不想用誇飾法為我的故事開頭。我不想要述說一個發生在數百年前的故事。若我有時回頭去講述我的故事之前的歷史，那也是因為我希望可以將事情描述得更精準些。簡單來說就是在四週前（我現在可以確定時間了），有天早上我如往常一樣心平氣和地醒來，但不是躺在現在這張床上，而是跟之前一樣在家裡一個房間的床上。我正在倒咖啡，電話響了。

1

自丹尼爾殺了茱莉安娜的那一晚，已經三年過去了，而他在電話裡的聲音聽起來宛如陌生人。他一副若無其事的模樣，打電話來邀請我跟他共進午餐。好像跟他共進午餐意味著和以前一樣，隨意選間餐廳，或是到他父母的公寓去。他常常窩在父母的公寓裡，被書架包圍，上面擺滿了書、手稿、筆記，以及一捆捆折成四分之一大小的紙張，柱子枕梁上還塞滿了上千冊琥珀色書脊、皸裂皮製書衣和包了光亮護封的書。好像去找他意味著和以前一樣，走下那座鍛鐵螺旋梯，走向那間書房兼臥室，丹尼爾只要醒著都會待在那兒，日復一日，週復一週，解讀如今已沒人閱讀的書卷旁註，不管是用早餐還是午餐都穿著睡衣，雙腳擺在桌上，左手拿著一個放大鏡，臉龐散發出驚訝的神情。在當時，走入那個房間並不表示走入人們用來囚禁他的可怕場所，或者該說，他將自己囚禁在那個地方，是為了逃離另一個更狹窄的牢籠。

我和丹尼爾從大學時期開始就是很親密的朋友。在過去那個遙遠的年代，當我們決定了自己的志業和人生方向，我們一直都密不可分。我選了心理學，後來研讀心理語言學，在我離開學校後不久，就和一個魅力迷人、優雅美貌的同事結婚，兩年後她罹患致命的疾病過世，把我一個人留在一棟如今宛如陌生地的房子裡，還留下一疊舊情人寫給她的情書，情書中流露的情感比我所能給她的愛還要強烈許多——自那之後，我再也沒有力氣去建立一段最終不會消褪為簡略和無言的感情。丹尼爾年輕時就不太做他同齡人會做的事，早早就致力於研究歷史、書籍和古代文獻。他一頭栽入狂熱讀者的世界，這些人就像多頭怪獸一樣，貪婪地吞噬大量書籍，一生沉浸在檔案文件和百年以上歷史的目錄裡，或是參加古書交易商的集會，與會者還有用一小筆錢從親密好友遺孀那兒買下一整間書房藏書的學者，他們會鍥而不捨地尋找一本垂涎已久的未裁切書卷，若這本書得手了，他們會在昏暗書齋模糊的燈光下，用一把剪刀或是裁切刀，慢慢將書頁裁開。

丹尼爾比這些人年輕許多，他們的年齡都足以當他父母或是祖父母了，但不知何故，他們對待丹尼爾的態度宛如他是他們在荒漠探險時遇上的老雪巴人，而他們之所以踏上這個探險旅程，很可能是意外、不幸，或者懷有無法言說的目的。其中一人是加爾維茲，他是個已退休的訟棍，多年來一邊研究鳥類學，一邊搜尋早期基督教傳教士文獻，他孤獨而蠻橫，只憑自己的直覺、丹尼爾沉默的警誡，或他女兒（女兒是他在家中唯一的伴侶）的老女僕一時興起的怪念頭行事。另一個人叫米胡，是個駝背的守舊派小報社老闆——外表看來頗有老派貴族架勢，言談間充滿算術用語且毫不妥協，其報社風格一如其人——說話音調很高，聲音好像是從鼻子裡擠出來，或是從喉嚨上皺紋的褶縫間脫逸出來一般。第三個人是巴斯托，一位前海軍上校，他比丹尼爾年長，但比其他人還年輕，為了不想被調到紅色警戒區[1]，幾年前就從海軍退役。對當時（雖然不算太久以前）的軍官來說，所謂紅色警戒區是種致命詛咒，或可說是活在永恆恐懼中的刑罰。巴斯托走路的時候是沿著半圓形前進，說話時常用張開的手指在空中畫出渾圓的花形——亦即每當大家在爭論某件事，當他想要平息自己與眾人的意見出入時，就會發出一種低沉、起伏的哀鳴，就像烏賊噴灑出墨汁一樣。

我一直跟他們不太熟，但因為我是丹尼爾的朋友，自然有不少機會和他們打照面。我們的友誼相當淺薄，只有簡短對話和陳腔濫調的招呼，米胡除外。因為他有個姪女罹患失語症和自閉症，長年以來都是我的病患。這四個人——先是丹尼爾和米胡，然後巴斯托和加爾維茲才加入——因緣際會聚在一起，他們常常造訪一間古書店，認為那是城內唯一值得他們敬重的書店。他們隨即成為書店的常客，而且就像丹尼爾常開玩笑的說法一樣，他們就像這間書店的股東，幫忙擴充店面，將一間小書店轉型成販售印刷古書、雕版印刷、炭筆畫、十九世紀油畫、殖民時期、解放時期及第一共和時期文件的大型百貨；有些大嘴巴的人說，這些東西是他們從貧困的鄉下教堂，和從不知名地區的廢棄小教堂裡暗地偷來的，或者是從急需用錢的債務人手上買來的，這些債務人從最近過世的叔叔、父親、祖父那裡繼承了收藏品，並不知道這些收藏品中某一冊書籍，正是丹尼爾或巴斯托或加爾維茲或米胡或他們四個人連續找了好幾年的標的。這四個人一起成為那間書店的主要贊助者，一點一滴地除去了老闆的影響力，然後永遠將老闆驅逐出去。之後，每個贊助者從自己的私人收藏品中拿出一些東西來，加入書店原本即有的目錄中，新目錄完成後，他們四人就替新生的書店重新命名，店名相當古怪

1 紅色警戒區（Red Zone），一次世界大戰後法國政府劃出的一大塊區域，因生態飽受戰爭摧殘，不適人居，劃出來讓它自然重生。

有趣，不過他們就是用這名字來稱呼這個四人團體：共同圈。

我常有念頭想要加入這無可救藥的書癡團體，但從未這麼做。我讀書一向講求實際，偶爾才會被丹尼爾發現的東西以及他的熱情弄得眼花撩亂。我一直都待在他身邊，一起經歷了青春期，爾後的二十年，看著他如何建造了這間傳奇書房，讓所有書商、知識份子和大學教授只要一談及它，無不滿懷敬意又嫉妒萬分，他們甚至像教派成員一樣，將那間書房當作他們神祕領導者居住的聖堂。沒錯，我們一直維持親密的友誼，直到那天早上我從擺在書報攤上的報紙頭條——這是三年前的事了——看到丹尼爾殺了他的未婚妻茱莉安娜為止，他刺了她三十六刀，動機推測是出於嫉妒。他曾試圖燒毀她的屍體，接著將屍體放在後車廂內幾個小時。然後他從海邊開車回城市，回到他父母現在居住的房子，後車廂裡擺著那具遭刺殺的屍體。他曾試著拿槍射自己的頭，但沒有成功。機運就是這麼一回事，這把他從家中櫃子裡偷出來的槍卡彈，讓他父親有時間衝上去，朝兒子的後腦杓打一記，救了他一命。

自那天之後，我再也沒有見過丹尼爾。我無法抹去心中那股荒謬的感覺以及無理的罪惡感，我沒出席他的審判，也沒有去監獄探望他；我沒有跟他的父母和兄弟說話；也沒有造訪過那間離我家僅五條街的精神病院。由於某種祕密交易，法官最後判他精神失常，不讓他入獄，命令他得囚禁在那個地方。但是，城中一半的人都在八卦丹尼爾和法官的祕密交易是什麼，就像他們也都很肯定丹尼爾的殺人動機：外遇、剝削、古書交易商之間難分難解的糾紛。都是謊言。我沒有再跟丹尼爾說過話，直到那天他邀我去共進午餐，而我因為一時想不到拒絕的藉口，便對他說沒問題，我馬上就到。在當時，我還無法想像我跟丹尼爾的對話會充滿謎團和沉默，而我為了解開這些疑慮，必須扮演偵探的角色，從早到晚在街上奔走，追捕恐怖的根源，深入挖掘久遠的記憶，並透過瘋人迷宮一樣的心，追尋兩或三個逝去之人變幻無常的面貌。一六一二年，艾德華·懷特曼捏碎了彌撒用的基督聖體，餵食鳥群，他們殺了他。一七六一年，加百列·馬拉格利達將商人趕出他們囚禁之地，他們殺了他。

2

街道旁整排行道樹隨著風的韻律搖擺，枝幹猶如乞丐伸張的手臂，垂掛在路過的車子及行人頭頂上。醫院入口處有一雙節骨嶙峋的手，穿著粉紅色裙子的盲眼女孩在那兒賣糖果和汽水，離她幾碼遠的地方有個年長女性將耳朵緊緊貼在電話亭上，彷彿在偷聽祕密。我穿過大門時，聽到外頭車聲鳥語滲透入前廳，而前廳籠罩在一片光線粒子的紗幕下，讓裡頭的人看起來像透明物體：人物的投影由地板上升起，升得越高，形象就越模糊，到我眼睛的高度時形成一叢半透明物體。我的腳步聲在大廳的四面牆內迴響，我穿過走廊，看到一些住院病人的家屬坐在狹窄的椅子上，身邊坐著預約候診的病人。大廳盡頭是接待櫃臺——一張邊緣生鏽的桌子，桌上擺滿了日曆、名片盒以及薄薄的資料夾——一大疊筆記本遮擋住護士的蒼白臉孔，她重複唸了幾次我的名字，然後將我的身分證放入一個肉色木盒內，接著指示我丹尼爾房間的方向。

我穿過第三道門，門關上時，金屬絞鍊發出嘎吱聲響，我聽到沉重的呼吸聲，接著是尖叫聲，一連串的劈啪聲或咳嗽聲，不知何故，我無視這些聲響，當作什麼都沒聽到。很久以前我來過這裡。我記得接下來的走廊就像是一個高聳、深遠、無盡的黑洞，不過在我看來更像一個透著晦澀光亮的隧道，天花板極低，水泥地板無止盡延伸，而且一直重複向左轉。走廊的直線路徑變得越來越短，每一個轉角也變得越來越尖銳，如果我的記憶沒錯，這條走道首尾相連，猶如盤繞的大蛇，一直走到盡頭，那裡有個很大的出入口，面對鋪著碎石和沙子的庭院：庭院就是醫院的中心。所有的門都位於走道左側，門都是白色或灰色，或是有很明顯的外觀特徵，好像每一扇門都來自不同的年代。我很專注地掃視這些門，尋找第十六號門在哪裡。我花了一段時間找，卻完全沒有看到第十六號門，但在第十五號門邊看到一個人影，我實在分辨不出來那究竟是男性還是女性。那嬌小的人影幽暗難辨，蹲伏著，身上披著一件由骯髒絲線編織起來的披風，用驚愕的眼神盯著門入口處上方，猶如一個掌握未來關鍵的水晶球或是地圖就漂浮在天花板下方。當我經過這個人身邊時，她轉過臉面對我，擺出奇異的站姿，對我說：「在這裡，連光線也不會遁逸。」[2]那是一個女人的聲音。

我沒有停下腳步，她又再說一遍：「在這裡，連光線也不會遁逸。」接著用強調的語氣說出下一句話，彷彿那是一個更大、更神祕話語的密碼：「迷人、富裕、華麗的門就在你面前。」[3]我又向左轉了兩次，終於找到第十六號門。半開的門上附著一層淡黃色塵土，空氣中飄散著一股磷和煤油的氣味。我輕輕敲門，木門往內推開，我看到一個一身黑衣、皮包骨似的男人蹲在房間中央的地板上，雙眼盯著火爐的警示燈，手中捏著一根方才熄滅的火柴。他朝我揮揮手打招呼。他的小眼露出熟識的神情，額前有一個很大的十字形紫紅色燒傷痕跡，他挑了挑眉，像是在說「是的，我認得你，古斯塔夫，我沒有忘記你」。接著他用下巴指了指房間內唯一一張椅子，然後盤腿坐下，雙手一攤。「我現在是廚子了。」他說：「午餐由我來煮。」

我坐在椅子上，他依然坐在地板上，面向著我，雙眼盯著火爐。房間裡有綠色的牆壁，一張狹窄的床，一個床頭櫃，和一個沒放一本書的書架，既沒有窗戶也沒有鏡子。門對面的角落擺了一盞小油燈，透過彩色玻璃燈罩發出朦朧的微光，在牆上投射出模糊的影子。我說：「很抱歉我沒有早點過來。」我是想要在這句話裡添些弦外之音，卻怎麼樣也擠不出來。（另一方面，茱莉安娜的臉孔一直在我的記憶中打轉，和油燈溢出的螺旋煙霧重疊在一起：她的黑色眼瞳，皺褶如烏鴉腿的魚尾紋；她的上嘴唇纖薄，顫抖著，棲息在柔軟而無血色的下嘴唇上。）丹尼爾打開一個盒子，將裡頭的東西都倒入火爐上一個平底鍋內，油炸食物的氣味和房間內其他味道混合在一起。「這個房間裡沒有電源插座。」他說：「有一天他們在插座上加了蓋子，也沒說明理由。」他露出笑容，他的臉變得和我記憶中的臉孔一模一樣。他又說：「我不相信他們這麼做是為了防範我自殺。不管怎樣，有誰會用把叉子插入插座裡頭自殺？」他的笑聲如粗嘎的鳥啼。

那天下午我們在沉默中用餐，幾乎沒說話。這裡只有一把塑膠刀，丹尼爾將刀子折彎，在盤子上搔刮出微弱的刺耳聲響，他不時將刀子推給我，讓我使用，他盤子裡的肉片殘渣因而和我盤子裡的肉混雜在一起。他突然說：「出事了。」他將兩個空盤子疊在一起，然後將塑膠餐具擺在一旁，兩個紙杯疊在上頭。「我需要你的幫助——這就是為什麼我要打電話給你。」他從地板上站起來，如拉開手

2 原文為 Here even light lives on，挑出每個字的首字母即為哈囉（Hello）。

3 原文為 Glamorous, opulent, ornate doors before your eyes，挑出每個字的首字母即為 Goodbye。

風琴的風箱一樣伸展雙腿，他問：「你要不要看看庭院？」他急匆匆地走向門口，一邊跺腳、甩手，好像他才剛學會走路且試著不要犯錯。他離開房間，我跟著他身後走至走道，加快腳步好跟上他。「這邊的病房有四十個病人。」他說：「另一頭的病房，格局跟這間一模一樣，只是和這裡分開。隔離兩地的病房，兩個庭院，兩條走道。」他又發出另一陣粗嘎的笑聲。「我應該要在另一頭病房的，那裡關有暴力傾向的病人，但我媽給了醫院一大筆錢，我不知道究竟給了多少，所以他們才讓我住在這裡。」

我們向左轉，又再向左轉，第二次左轉之後，來到這條長廊最短的直線區段。有個穿褪色西裝的男人站在庭院其中一側，他可能是個醫生，嘴角叼著一根未點燃的菸。午後剩餘的一點陽光輕觸他頸背。那男人瞥了我一眼，然後看向丹尼爾，過了一會兒，他低聲說：「輕鬆，放輕鬆。」我的朋友走向廁所，他說：「只要一下就好，我馬上回來。」只剩我們兩人獨處後，叼著香菸的男人問我身上有沒有火柴。我反射性地探了探口袋，之後才告訴他我好幾年前就戒菸了，他回了一句我聽不清楚的話。庭院另一側有四個女人圍成半圈而坐，其中一個護士一直問她們一些雞毛蒜皮的小事，以過度誇張的手勢表達情感和關注。另一側則是一個年輕人和一個老年人並肩站在一起，兩人全神貫注觀察一叢禿枝雜亂的灌木。叼菸男人專注盯著他那髒手抓住的一份疊起來的報紙。有人以鉛筆在報紙邊緣隨手記下一連串數字。他說：「所以你是來看丹尼爾的，是不是？」視線低垂，沒有離開報紙。

我說：「是的。」

「很好。」男人說：「這裡的人需要有人來探望。不管有多少訪客，他們在這裡面都很孤獨，跟外界接觸絕不會有害。」

我聽得很吃力。他的聲音嘶啞且低微。話語從一張幾乎動不了的嘴裡發出來，一個字好似掩蓋了另一個字。「過去幾年來，」這個人說：「我看過很多人將自己放逐到內在的孤獨裡，最後因為太懷念過去，加上囚禁產生的憂鬱而喪失了僅存的神智。這個地方會殺了所有人。我所說的可不只是病人。精神病院可是人類在這俗世建造的所有建築物中最接近地獄的地方，這是一個收容罹患末期病症之人的圈圈與牢房。就像是專為這些病人打造的修道院，但病人在進來以前就已經將自己囚禁了。」他的聲音幾乎都含混在嘴裡，每個字句擠壓堆疊在一起，牢牢地將未點燃的香菸固定在同樣位置。我告訴他，瘋子待在這裡面總比在城裡到處遊蕩要好多了。「我想也是，」他說：「但有時候我會覺得待在外面可以接觸現實世界，他們有最後的機會可以和現實世界面對面，得到現實世界的認可，即使他們不想看清眼前世界是什麼模樣。」

我問：「你真的這麼相信嗎？」

他沒有回答，只是點點頭，接著立即伸出手臂，慢慢展開他抓在手中的報紙。「我覺得，」他說：「應該給這些人一個機會，讓他們在這個世界到處走動，即使最後的代價是毀了這個世界。在這裡，只要醫生和護士判斷他們的行為有不正常面向，就會立即被壓制。不正常的行為會逐漸消失，即使引發這些行為的本能反應並沒有消除。瘋狂永遠存在，只是被壓抑了，囚禁在他們腦海深處，藏在每一種疼痛和不安的症狀底下。你知道那是什麼感覺嗎？你的腦子裡住著疾病的幽魂，但你不准將症狀表達出來，甚至沒辦法和人更親近？」我沒有回答。在我看來，這個問題並非針對我而發。

他刻意用極快的速度翻動報紙，一直到找到他要的那一頁。「你看這裡，」他說：「他們最近在舊金山發現這件事情。兩個月前，有個魔術師把自己關在一個樹脂玻璃做的箱子裡。那箱子有六呎寬，六呎高，底座是三呎。他把箱子用鋼索吊在金門大橋下方，就在太平洋的上方，那裡離惡魔島不遠。他發誓要在這箱子裡待上四十四天，在接下來的六週不吃固體食物，只喝些水，並接受靜脈注射。他成功了。六週後，他們把他從箱子裡拉出來：他全身腫脹，近乎精神失常，手指發紫，眼神呆滯，皮膚乾裂，骨瘦如柴，神智錯亂，和周遭世界脫節，直到在醫院待了三、四天之後，他才明白他達成自己的誓言成功活下來了。當然，這些都被報紙報導出來，你可能也在電視上看過他。但是就在同一週裡發現的事件才真正讓這則報導變得更嘖嘖稱奇。越過金門大橋，在海灣西邊的斜坡上有一個被稱為普雷西多要塞的社區。那是一個古老的軍事城鎮，有一叢叢如迷宮般蜿蜒的樹林，跟外表都一模一樣的紅磚房舍，這地方很久以前被改建成住宅區了。其中有一棟建築物終年受到來自海面的寒風吹襲，有個人將裡頭改建成一個個小房間，每間設有衛浴，打算將房間租給大學生或是沒有身分證件的非法移民。有個女人預先付了三個月租金，入住一間可以看到那座吊著魔術師箱子大橋的房間。房東從此以後就沒再看過她，三個月後，房東跟她電話聯繫，但她沒有回應。過了幾天，他在郵箱裡看到房間鑰匙，代表那個房客已經搬出去了。一天早上，他來到那個房間想要清理一下，好將房間再租出去。在窗邊地板上，他看到有個身體蜷縮在一張毯子裡，手裡抓著一個望遠鏡，旁邊一張凳子上擺著一本筆記本和兩、三枝鉛筆。他發現那是一個老女人的屍體：瘦弱、憔悴，身上沒有一點肌肉，皮膚近乎透明，耳朵上刻著一層紫色絲網，靜脈中流著已然腐敗的血液。房間裡的惡臭很顯然發自那具腐敗屍體。我想你可能已經猜到了，她根本不是什麼老女人。她就是三個月前跟房東租房間的女人。後來警察來調查這個案件。警探從筆記本裡找到答案，可以解決大部分疑問：這個女人想要跟魔術師做同樣的試驗，他們於同一天開始，但這女人最後還超越魔術師的天數。女人不吃東西撐過四十六天，並將她在這場實驗中的所有感覺都寫在筆記本裡；她覺得暈眩，極度虛弱，皮膚光澤產生變化，每做一個動作就感覺心臟狂跳，在死亡前那天下午，她感受到緩慢的窒息，她的舌頭起泡、刮傷，關節收縮和伸展時發出奇怪的聲音，前額和太陽穴在顫動，手腳出現挫傷，背脊不時發出吱嘎聲。她記下所有事。甚至還留下指示，她這份充滿垂死痛苦的筆記該如何出版。現在，請你告訴我，這個女人瘋了嗎？我賭你會說她是瘋了。我也很可能會同意你的說法。但這是不是表示，若她早知道自己已經瘋了，或者早點診斷出她已經瘋了，我們就可以將她關入精神病院裡，避免她做出最後的瘋狂行為？」

這一次，這個人雙眼盯著我，等著我的回應。「我認為，」我說：「如果那個女人的行為已經暗示最後會導致死亡，關起來保護她就不算荒謬。」他回答：「沒錯：那是我們對瘋狂的觀念，瘋狂就像會帶來毀滅的危險，是可能會害死人的攻擊行為，不管害死的是病人自己，或是剛好在他身邊的人。看看有關疾病的歷史，在所有我們當初認為有傳染性後來證實不是的疾病中，唯有瘋狂和痲瘋病至今為止仍被認為有傳染危險，就好像光是身處瘋子之間，和他們說話，和他們接觸，就會讓其他人也跟著發瘋一樣。」這個人將報紙折起來，夾在自己的腋下。在我們身後圍成半圈的病人已經解散，換成一個一臉無助的老人跪在地上，將一本空白筆記本舉在眼前。「只有在這種地方，瘋狂才有傳染性。」這個人說：「在街上，你很難遇到溫馴的瘋子，但是憤怒或令人厭的瘋子則不乏見。可是在這裡，當他們群聚在一起，就會形成不可抗拒的力量，就像慣性和重力一樣，會將所有東西都吸引過去，吞噬殆盡。無論你是因為何種疾病進來這裡，到頭來都會取得這兩種能力。你來拜訪丹尼爾是有益的。至少到目前為止，過去的他尚未完全消失。」

就在這個時候，丹尼爾從廁所回來了，一邊還在褲子上擦手。叼著菸的男人拿出一枝筆，在報紙邊欄寫上數字，他對我露齒笑，代替說再見。這個庭院是四方形，上方沒有遮蔽，四面側邊各有兩叢光禿禿的灌木叢以及兩張長椅，有個女人坐在一張長椅上，正以緩慢的速度吃麵包。「她只吃麵包。」丹尼爾說：「只有麵包。有時候看起來好像她每天吃的是同一片麵包。」

「坐這裡好嗎？」我伸出手臂，指了指長椅。他先等我坐下以後才落坐，這一次是坐在鋪滿碎石和沙子的地上。「那個醫生，」我說：「好像是個挺不錯的人？可是給我的感覺好像是他的工作遇上瓶頸了。」

「他不是醫生，」丹尼爾說：「至少不是你以為的那種醫生。他在這裡當了很多年的精神科醫師，可是他們說，有一天他辭了工作，一週後，他帶著裝滿衣服跟書的行李箱就在這裡住下來。他成為這間醫院的病人已經六、七年。我到這裡的時候，他就已經住在這兒了。一直到現在，他都還是在反覆說同一件事，我相信他剛才也說給你聽了。除此之外他什麼都不會說。瘋子能與人正常對話，最令人不安，不是嗎？這裡多的是這種人。你也知道，心理疾病令人多言，但是他們通常將語言變成儀式。好了，我們該來談正事了。我今天要告訴你一堆故事。」

他拉著我的手臂，又發出一陣粗嘎的笑聲。

古書收藏家唸道：一個年輕女子，或可說是個少女，逃家來到一個山腳下，她用一條彩色布巾縛住肩頭，將孩子緊緊綁在背上。她那善妒丈夫的靈魂追著兩人來到鄉間。一群戴面具的男人在她身後嗅聞空氣，跟隨她的氣味，在一個廢棄村落的入口將她團團圍住。女人的尖叫聲被男人的歡呼聲淹沒。她的臉朝上，雙眼如黑色的圓點，盯著一株榕樹最上方的樹枝，背部壓在石頭邊：這個還是少女的可憐女人躺在祭壇上，讓一長列陌生人進出她的身體。最後一個男人因為沒有辦法進入她，就從口袋裡掏出一把刀，在少女的手掌劃下一道傷口。他在她身上留下傷痕，畫出一道蜿蜒、弧形的符號，猶如海鷗的鳥嘴，而到了早上，她成為另一個人，她的名字變得不一樣了，或者說她變成一個無名氏，她找不到女兒在哪裡，也分辨不出來自己是不是真的有一個女兒，或只是夢到她有一個女兒。她穿越灰黃的山谷和山丘，進入一座村落，村子裡的人都用懷疑的眼光看她，她逢人便問有沒有人知道她女兒的行蹤，她向人說明女兒的模樣，或者說該是什麼模樣，直到她走到一個鳥不拉屎的小村落，有個人告訴她，我知道你女兒在哪裡，這個人帶著她穿過一片草原山丘，經過乾枯的牧草地，來到一條黑色的河水邊，他問她，妳的女兒在這裡面嗎？這個還是個少女的女人看進河水底部，看到一群長得一模一樣的孩子，雙眼睜著，嘴巴張開，雙手伸向天空。古書收藏家闔上書本，休息了一會兒。

3

「你知道《真理報》怎麼去嗎？」

「當然知道。它就在市中心。」

「到那裡要花多少錢？」

「六塊錢。」

很久以前，在我讀大學第一學期時遇見了丹尼爾。他是一個清瘦而笨拙的年輕人，常在走道、庭院和教室間漫步，臉色潮紅，雙眼游離，神情空洞，彷彿他早已預知今後幾年將會發生什麼事。我們的同學只看到丹尼爾懶散的態度和漠不關心的視線，將他的行為解釋為鄙視和自滿。經過一段時間後，我了解到丹尼爾之所以看來心不在焉，其實是他會突然跳離此時此刻，遁入別人無法接觸的時空，這樣的表現並非傲慢，我曾經懷疑過這是他下意識用來掩飾自己膽小怯懦的面具，但也不是。丹尼爾擁抱自己的與眾不同（雖然並不開心），好像船之將沉，而那是僅剩的救生衣。這是他為了自保日日必須為之的手段。丹尼爾認為周遭人都很無知，他不習慣無知，也不想掩飾，我則一無所覺，上課時，唯有老師與學生都懶得費勁解釋一個現象，拒絕以直覺探索問題根源，或者迴避唯一可以讓討論不淪為陳腔爛調的論點攻防時，丹尼爾才會介入發言。但是如此一來，他的博學滔滔勢必又強化了他的孤獨堡壘，那裡面還窩藏了他的其他污名呢。

因此，二十年來我一直都很難理解，和丹尼爾相較之下，我的知識量是如此貧乏，為什麼他會從一群人當中選擇我當朋友？他為什麼會允許我進入那座成為他生活全部的城堡？從那一刻起，他決定上課時要坐在我旁邊；接著他開始調整上下課的時間表，這樣才能和我一起進入教室，一起去排餐廳的自助餐，下課時間一起在彷彿才剛剛挖掘出土之遺跡的土黃色圓形大廳休憩（在這個小型世界的汪洋中，我們文學院的學生都聚在一株矮小古老的樹下休憩，宛如一個鄉間小鎮常有的中央廣場）。過了一段時間，他開始借我幾本書，向我解釋書的內容，他有時簡述扼要，有時詳細說明，提出非常驚人或非常荒謬的說法，以及充滿不尋常術語的過度詮釋。不管是出自他的智慧還是神智失常，丹尼爾會在公園或路邊與奮地解釋他的理念，宛如一個身形單薄的交響樂團指揮，手臂畫出橢圓形線條，高高舉起時雙手還顫抖著，他那些興之所至所詮釋推測出的精神分析技巧，猶如一個愛情故事的情節，他又把這些故事變成一部聖徒傳，一段法律史，一場有關目的論的辯駁，或者也可能（這是他的偏好）是一份有關戰爭藝術論文的核心議題。一旦達成不堪一擊的結論，丹尼爾會露出笑容，看著周遭偶然路過的陌生人眼睛，彷彿在尋求他們認可他的詭辯；或者他只是又跳去談另一個主題，直到情緒緩慢且平穩地逐漸高漲，接著又重新開始一輪。

在早期那些歲月裡，我們交流的場所原本只有兩個，後來很快就增加成四個。前兩個場所是校園和從學校前門延伸出去的冗長大道，這是一片廣闊的文化荒漠，色彩黯淡，但充滿強烈的氣味，還有用明亮色彩的字母及令人存疑的拼字寫成的廣告標語，這些標語宣告餐廳的每日菜單、即將舉辦的活動、有折扣的器具和柳條家具、個人服務和交通資訊，全都沿著道路和交叉路口推展開來，猶如一列盲目隊伍，推擠著前往一個想像中的城鎮。站在街上看，會覺得這條大道似乎沒有盡頭，而且是筆直的；但若是從上方看，這條大道應該會像是一條螺旋狀蜷曲的長帶子吧。我們大部分時間都在一起，每週踏上這條不斷變幻的街道五次，前往教室上課，接著我們逐漸開始進入分岔的小路探險，探索未知的角落，好像這些地方是進入另一個世界的大門。在我堅持下，丹尼爾也養成轉入曲折幽暗小徑的習慣，那小徑旁排列著層層疊疊的樓房，通往有晦暗妓院、小酒吧和煙館的社區，外圍是綠色的牆，裡頭是小型紅色沙龍及私人房間。

其中有一棟陰暗的建築，裡頭排排擺著小桌子和白色塑膠椅，供應一些似乎是因為放太久而變色的奇怪酒，而這地方成為我們無數個午後的隱匿場所。這間酒館沒有正式名稱。常出入這裡的酒鬼（他們不太像是顧客，反倒比較像是這間酒館的裝飾品）稱這裡為「日本小姐的宮殿」，為了紀念說話有南方口音、胸部下垂和瞇瞇眼的妓女戶老闆娘。這位女士很少現身，但依然藉由掛在門口上方二呎高的肖像畫監控著酒館。在日本小姐的宮殿裡，我和丹尼爾無疑是最醒目的人。我們往往會花上好幾小時沉溺於那彷彿來自煉獄之酒精的詭異效果，但到了第二輪時，我們會打開背包，拿出手頭任一本書，開始誦讀裡頭最精采的段落。剛開始時，那些混混覺得我們有些可怕，我們看起來就像兩個除了引經據典就不知道該說什麼的流鼻涕小鬼；但不久之後他們也開始熱絡起來，每隔一段時間就會要求我們複誦他們覺得值得記下的段落。大約造訪五百次，我們其中一人才會接受一次那些不時在酒館內穿梭，身材豐滿、圓胖女人們玩鬧般的奉承邀約，她們的外號是美洲豹、蘇丹王妃、蜈蚣，讓人想起叢林、沙漠，或性愛技巧的奧祕。所以有時候，我們其中一人會握住某雙皸裂但塗了指甲油的手，走上那道搖晃的樓梯；這樓梯太過狹窄，看起來很像畫在牆上一樣。我們進入一間舖了木地板的房間，單扇窗上掛著小小的、磨損的窗簾，舖著緞質床單的床頭懸著一張耶穌肖像畫。就在那個房間裡，我們跟美洲豹做愛，好像那是一場狩獵，我們跟蘇丹王妃交纏，好像太監就在一旁觀看，而當我們迷失在蜈蚣有如千手觀音般的肢體裡，就好像置身花園。完事後，我們連身體都沒清洗，就立即回到樓下，繼續方才中斷的話題。至於為什麼會中斷，完全是衝動使然，初始時莫名難解，事後又覺得空虛、毫無目標。她們其中一人會說：「那兩個男孩需要管管自己的下半身。」不管說這話的是誰，我們已經開始關注於別的事情了。

通常都是丹尼爾強迫我放棄偷偷摸摸的祕密行程，帶我去他家裡，進入那間書房兼臥室，每當我們打開一本古舊書籍，翻閱僵硬如軟骨的磨損書頁，或是突然闔上一本小小的、長方形的、皮革裝幀的書籍時，他便強行將我推入那滿是紙張微粒、書本分子的晦暗氛圍中。在他家裡，我發現書只是丹尼爾用來隔離現實世界或者置身平行現實世界的一種方式。當然，電影和繪畫也是避難所，但是，儘管這些東西給了丹尼爾夢幻的快感，他還是有一個很特別的嗜好，丹尼爾稱之為「夢的建築」，這不是我們匆忙走過校園時，他以自鳴得意態度拋出的心理學貶抑術語，而是一種帶有嘲諷意味的名字，用來指稱他以紙張、石膏板和軟木板蓋房子的興趣。或許我不該說這些是房子。他們是宮殿、宅邸、城堡和博物館的模型，是天文台、莊園和燈塔的複製品，在蘇菲亞（丹尼爾骨瘦如柴、滿嘴牢騷的小妹，當時約莫九或十歲）的幫助下，丹尼爾會建造這些建築模型，然後放在電腦上、桌上、座臺上，或是展示在用一堆書籍臨時搭就的金字塔祭壇上。蘇菲亞是個善心卻古怪的女孩，而且有些難以捉摸，她總是裝出一副無辜模樣，讓人察覺不到她的惡作劇，她會用尖銳而高亢的細小聲音即興唱著一些副歌與耶誕聖歌，或是很熱心地跟看不見的人說話。另一方面，她從來不跟活人說話，也不期望回應，以致於她經常以單字搭配她想像出來的語言，讓周圍的大人有時只能一起發出單音節的咕噥聲來回應。只有必須跟哥哥討論兩人最近一起建造模型的細節時，她才會屈尊俯就地以正常方式說話。也就是這樣，從這兩位建築師、石匠、摺紙和模型大師手中，誕生出有著玻璃紙窗、印花窗簾、錫鐵大門的精緻城堡、清真寺和教堂的模型。但是蘇菲亞只說普通語言的時候，就是表示她的好性情已經快要磨光了。從那時候開始，她就是老闆。她的高音哭叫和小歌姬般不可思議的扭曲嗓音對丹尼爾來說是個災難，因為他必須從大哥哥變成牢騷不滿的僕人，努力達成這小女孩的命令。蘇菲亞會貫徹自己可笑的命令，直到模型完成，我們看到一座小型的皇家山城堡、袖珍的阿蘭布拉宮和迷你的奇琴伊察[4]，出現在書房兼臥室的地板中央為止。

蘇菲亞的性情會從暴怒突變成興高采烈，都是因為她得了重病。她罹患一種先天疾病，會讓她的骨骼和肌肉變得脆弱，即使沒有明顯的強烈動作，她也很容易出現骨折和撕裂傷。遊戲玩到一半時，她很可能會突然摔倒。長距離行走會讓她的腿骨折。她的父母親禁止她運動和出門，就算允許蘇菲亞坐車出去兜兜風也嚴格規定時間（通常都很短暫），這只是讓她更加渴望出門，這種渴望不斷累積，最後成為混雜著沮喪的怒意。就某方面來說，家中夢的建築是身為蘇菲亞共謀的丹尼爾，為了讓妹妹體驗其他可能的生活方式（即使極為短暫）而想出來的替代方法。矛盾的是，也正因為如此，這些建築模型的壽命都相當短：丹尼爾和

4 Chichén Itzá，墨西哥境內的馬雅文明古遺跡。

她妹妹並不打算長久保存這些模型，反倒選擇用隨手可得且方便使用的材料來製作——因為模型只是個舞台。丹尼爾和蘇菲亞用這些模型來做表演，次數越來越頻繁（因為丹尼爾很難拒絕妹妹的要求），他們演繹的是不限類型且急就章的戲劇作品，經典和童話故事的各種版本，他們把騎士小說和一系列間諜及刺客故事改編成可笑的簡略版本，或是混合著亡魂復仇的致命羅曼史，這些內容都是由這個意志堅定的小女孩以蘇非教派學者般過人的耐心一一選取出來，她花了很多時間搜掠書房兼臥室的書架，找尋她想要的故事，然後從堆得滿滿的書中抽出幾本來；就這一點來說，這間書房就像一個家，收容無數自由不受約束的房間。

每當一棟新建築完成，這對兄妹就會將模型放在一個小型架子上，接著小心翼翼地將東西經由階梯運往後院。確認了父母親都不在附近之後，就會開始他們的小劇場：幾幕簡短而緊張的戲，把一些貴族角色及悲情人物的人生混雜在一起，最後照例是宛如天啟的收場，主角和反派，惡棍和情人，處女和通姦者，堅貞教徒和懶惰鬼，全在那個微小世界的圍牆和天花板間被真正的大火吞噬殆盡。這些劇碼由丹尼爾和蘇菲亞表演，他們演繹每一個角色，負責每一個細節：受害者恐懼的驚叫聲是蘇菲亞的專長，她都是透過手中的大聲公發出尖叫，有時候還會用來對著火焰吹氣，助長火勢，加快毀滅的速度。最後，他們會在建築模型被燒得失去原有形狀以前小心地撲滅火焰，將碎石、灰燼放進模型的小房間內，然後把殘骸帶回書房，加入先前作品遺骸所構組成的巨大城市廢墟，這裡有街道和市中心，通往庭園、巷弄和死路。丹尼爾邪惡地眨眨眼說，這些東西是他「夢遊的微型城市」，在黑色曲道上升起哈姆雷特城堡殘存的牆垣、囚禁塞吉斯蒙多[5]的監獄，以及特里斯特羅伊的別墅[6]。

我只有一次得以觀賞他們的私人小劇場。這一齣小型鬧劇的劇情是描述一對情侶的愛情掙扎，男主角是個又聾又啞的佃農，女主角是個年輕女人，幾乎可說是個少女。女主角在一個批發乳酪和火腿的商人家裡做管家。她計畫要和情人殉情，但是男主角意外地竟對毒藥免疫，所以殉情失敗了。丹尼爾和蘇菲亞用混凝紙漿，細銅線和鉛絲——將石塊用水彩漆成棕色和白色——製作了一個監獄，

5 典故出自 Pedro Calderón de la Barca 的十七世紀劇作〈*Life is a Dream*〉，塞吉斯蒙多（Segismundo）是波蘭王子，一出生母親便難產而死，父親為了避厄，將他囚禁在監牢中長大。此處是在暗喻丹尼爾的妹妹。

6 特里斯特羅伊（Triste-le-Roy）別墅，典故出自波赫士的短篇小說〈*Death and the Compass*〉，阿根廷安德奎一座已毀的美麗旅館。故事描述一個偵探要解開重重謎團相扣的連續謀殺，用以暗喻本書主角。

殺了自己愛人的聾啞男人就囚禁在這裡，這個監獄則是複製了尚萬強[7]被關的布利監獄的構圖和外觀。在丹尼爾和蘇菲亞的故事中，這個年輕的佃農（他和一個常常在晚上值班時溜出去約會的獄卒共謀，誰要是能幫他掩飾失職，都可以得到一些小恩惠）試圖逃出囚禁他的牢房。但他並沒有逃離監獄，反倒決定要實現自己未完成的承諾，他在牢房的邊院裡將自己活生生燒死，如此一來他的遺骸就會化為輕煙，飄至天堂去尋找愛人的靈魂。當丹尼爾和蘇菲亞點火時——丹尼爾快速地繞著模型奔跑，蘇菲亞則是小心翼翼地慢慢跑——他們演繹的囚犯和獄卒尖叫聲響徹混凝紙漿做的監獄，也如隕石一般飛散在這封閉的後院裡：喜劇的尖叫聲，悲劇的咕噥聲，如嬰孩般令人不安的咯咯笑聲，搖撼一棟又一棟的建築物牆壁，就好像牛舍倒塌，小牛被困在石頭瓦礫下時發出的微小呻吟。丹尼爾和蘇菲亞一邊發出宛如繁複合唱曲的聲音，一邊昂首闊步繞著模型殘骸走著，全神貫注在那邪惡的閃爍火光，他們眼裡也映著同樣的光輝，就像兩個惡作劇的孩子，因為父母親不知道自己做了什麼好事而欣喜若狂。

7 尚萬強（Jean Valjean），《悲慘世界》的主角。

4

但一切都跟以前不一樣了。丹尼爾坐在醫院中央庭院的地上，看起來未老先衰，棕色雙眉緊蹙，滿臉皺紋，雙眼下垂。他沉默了一陣子，大剌剌細看那個正在吃麵包的女人。空氣變得潮濕，天色轉為灰暗，突然間，四周蒙上一層霧氣。

「茱莉安娜死後，」丹尼爾說：「我也被判刑了，我媽為了不讓我進監獄，要把我送進這裡，塞了些錢給法官還有幾個精神科醫師，要這些精神科醫師依照我媽的指示在法庭做偽證。」

進入醫院頭幾個月，他們給他吃一些安眠藥和抗憂鬱劑，讓他麻木，他接下來幾週幾乎都在睡眠狀態（他算不出來到底有多久時間），當時他對所有事物的一點點印象，很可能都是來自夢境和記憶。

「他們帶我起床去廁所，要我繞著房間不停地走，問我一些很瑣碎的問題，回答我的問題則前言不對後語。」

他們要他在床上用三餐，一天連睡十二到十四個小時，中間只有極短暫的清醒時間。即使是在清醒時刻，他也猶如身處夢境般的迷霧中，他停止思考，停止去判斷現在究竟是黑夜還是白日。

「我發現自己可以潛入潛意識，迫使自己失去神智，把過去推到一個死角，避免記憶不斷浮現。」

但有時候，當他清醒過來時，他會專注盯著某個模糊污跡，那東西漆黑似蝙蝠，在他房間內振翅亂竄，他看著那東西一陣子以後，茱莉安娜的影像會突然現身，她在一條公路上，全身滿是割傷、抓傷、刺傷的痕跡，總共三十六道：茱莉安娜躺在他的後車廂內，宛如一具分解的人體模型。

「我立刻發現我哭了，我的襯衫濕了，或者尿褲子了，我離開房間，想要找個人求他多給我一點藥，可是我一句話都說不出來。等睡眠治療結束，我瘦了許多，皮膚緊緊貼著手肘跟鎖骨，骨頭像是要穿透身體逃出來一樣。我媽每天都來看我，還有幾個朋友也是，先是卡爾維茲和巴斯托，然後米胡也蠻常來。但我們共同的渴望是即使面對面，也要形同視而不見。」

他們慢慢延長讓他清醒的時間，剛開始時是幾分鐘，後來是幾小時，但時間長短不太規律。有天早上，丹尼爾想，有可能他們發現自己錯了，所以現在要讓他從夢裡醒來。

「剛開始時，他們一刻都不讓我獨處，會有人待在走道上，我在庭院裡跌跌撞撞散步時，也會在離我數碼的地方監視。」

總是有一個護士跟在他身邊，還有一個警官站在他的房間門口，不管他去哪裡都跟著：一起進食，一起去廁所，一起在醫院裡散步。

「剛進來醫院時，我把其他病人當作幽魂，是我幻覺的產物，我不覺得自己屬於這個怪人群集之地。我跟他們鐵定不一樣。我不記得我是從什麼時候開始會跟其他人一樣蹲在庭院裡，或是跟他們說話，也不記得跟他們說了什麼。只是在某一刻我了解到：不管他們是什麼樣的人，我都是這個集團的一員。我每天的例行公事就跟他們一樣，在走道和庭院裡茫然地走來走去，數著灌木上還殘留幾片樹葉，參與只發出一、兩個單字的對話，也不知道自己或者別人說的話究竟有什麼意義，我和他們說話時會壓低音量，幾不可聞，因為和他們說話提醒了我，我是他們的一員，而我當時還沒準備好要接受這件事。」

從那時候起，他的腦子裡出現一道清晰的推論，理智的利片有如疾病侵入他的身體。

「我知道我變成了一種疏離的存在。不是因為我的思緒缺乏意義，而是更糟的，我的思緒變得不精確，而且無法解讀。」

有一天下午，他想跟他母親說：「幫我從家裡帶幾本書過來。」但他只說出「書」這個字，想要說書名，卻發現他的記憶空空蕩蕩，什麼也沒有。

「不管怎麼樣，她憑直覺知道我想要說什麼。她覺得這是個好主意，過了幾天，就帶著滿滿兩箱的書，和一個你方才在我房間裡看到的小書架過來，這個書架現在是空的，等一下你就會知道為什麼了。我好像著魔了一樣看書，尋找誰知道是什麼樣的知識，有時候一次同時看四、五本書，試著用從書裡挖掘出來的故事來取代我的惡夢。這並不容易。剛開始的時候，每一行字在我看來都像謎語。我瞠目結舌看著那些字句。並不是沉思字句的意義，而是我好像是不識之無，首次發現有文字這回事，第一次與它們面對面。」

每天早上，他都會坐在庭院的碎石和沙子上，在無遮蔭的灌木下，身邊放著一疊書，每個人都學會尊重他的沉默。

「有一次，有一個病人就坐在附近的長椅上，從我背後伸長脖子看著我的書，他待在那兒幾分鐘，接著待了幾小時，眼神隨著我的手指滑過一行行黑色文字。」

有一天早上他跟一個人開口說話，為了不讓別人聽到，他說得很慢，而且不是說出兩或三個毫無關連的字，是一個完整句子，希望能引出對方真正的答案。

「那是個年紀稍長的男人，臉色緊繃蒼白，有點像畫在紙板上的人物，他總是待在自己房間裡，只有在庭院裡沒人的時候才會出來走走，不過那一天——我還真是不知道為什麼！——他坐在我旁邊，開始用我的書蓋起高樓和金字塔。我以鼓勵同情的眼神看著他，然後提出疑問：『容我一問，他們為什麼把你送進這裡來？』那個人的雙眼沒有離開我的書，只是將一只手伸向天空，那滿是皺紋、無血色的手指指著誰知道是什麼東西，他對我說：『沒有人送我進來這裡。』」

接著他的手舉到跟丹尼爾的臉齊高，指著他的眼睛，手指在空中畫圈圈，說：「是我把所有人都關在這裡，讓他們相互吞噬。如果有一天你想要離開這裡，就來找我。」這是丹尼爾第一次感覺到這裡的病人也是有血有肉、活生生的人。

「從那之後，我只要遇到其他病人，就會把他們攔下來。我會拉住他們的手臂，或是指示他們跟我到庭院裡，一起蹲在地上，和他們說話。」

過了兩年，他才開始接受自己身在精神病院裡，那些像僵屍一樣在醫院各處漫步的人有時會喃喃輕聲說出一些邏輯不通的句子，宛如未知語言的讚美詩，或是重複唸著上千次同樣的字句，他們也會發出嘀咕聲和語意不清的謾罵，妓女、怪傢伙、處女、交合等字眼不斷反覆出現，他了解到這些人是精神有問題的病人，並非他惡夢中的惡魔和鬼怪。

「曾有一段時間，就是以前，我說不出確切時間，當時一切都很模糊，我深信自己在一間普通醫院裡，那些人都是一般病人，是我精神錯亂讓我把他們看成幽靈和怪物，我想掩飾自己的困境，這樣他們就不會懷疑我是不是瘋了。」

但是他逐漸明白這個地方是個精神病院，這讓他感覺自己的精神狀態完全正常，第三年起，事情轉向了。

「我開始了解到書的內容因為我而改變了。它們不再像是一堆毫無關連的簡短字句、殘片、微粒，只能讓我想起一些斷簡殘篇般模糊的記憶。它們現在有了明確的形式，它們是有特定方向的故事和敘述。」

他開始能辨識出某些段落和概念，也了解他比較喜歡某些書，開始懂得分辨其中差異，接納某些書，排斥某些書。也不知道為什麼，他開始選一些自己覺得最好的書籍，在庭院裡、走道上大聲朗讀，每天下午，他面對蹲坐成一圈的精神病人，他們有的在嚼麵包和糖果，有的以顫聲、吼叫聲讚許，或是嘖嘖稱奇。

「我變成這群怪物的大祭司，身邊跟著聆聽我預言的天使般瘋子，不管他們是著迷還是無動於衷，都沒有關係。就某些方面來說，我覺得藉由他們，我重新建立起跟這個世界的連結。」

其餘的人也樂於圍繞在他身邊，雖然跟丹尼爾的地位不太一樣，每個人都占有一個平等的位置，他們群集於醫院的中心，這些有各種姿態、說著這世界上沒人說的語言的男男女女，也藉此達成令人厭惡卻非常和諧的狀態。

「不久之後，在他們的獨白裡，那些日復一日、從破曉到子夜不停重複的胡言亂語中，宛如開始形成一道小小光圈一樣，出現了我唸給他們聽的人名和地名；在擬聲詞和複述中突然出現了完整的句子，就像暴風雨中央的颱風眼。」

雖純屬巧合，卻會引起旁人的笑聲，這證明了他們認得那些句子，至少丹尼爾是這麼認為，在一陣困惑之後，他們開始覺得震驚，然後丹尼爾聽到從無牙、犬齒如釘或滿是蛀牙洞的嘴裡傳出大笑，其餘的人也附和著拍手。

「隨著時間過去，每個人開始在這個團體裡找到固定位置，他們會特別標示出自己的空間，只要我坐下來，開始朗讀，他們就會開始移位，直到找到正確位置。他們會扭著身子坐好，腳跟併攏、雙手擺在小腿上、腦袋縮在膝蓋間，嘴巴半張，雙眼對其餘一切視而不見──他們是剛剛才被挖出來的屍體，全身滿是塵土的孩子，像方才從萬人塚裡爬出來的烏合之眾一樣，聆聽我的朗讀。過了幾個月之後，這座混亂的醫院裡開始出現穩定的秩序，這例行公事並不是依照醫院的規矩行事，而是依隨病人的意志，病人似乎知道離下次祕密集會還有多少時間，但從未明說，他們也似乎僅有在集會以外的時間才會做出瘋狂的舉動，因為他們在集會的表現相當遵禮守法，猶如他們知道不該違反道德律，他們不需要看著我，就會讓我覺得他們是為了我才會群集在這裡，他們是為了來聽我說話，不管我說的是什麼。」

新來的病人會不由自主地遠離他人，花很長的時間享受盯著一塊石頭、一隻死掉的鴿子、一朵形狀像椰頭的雲朵的樂趣，但是逐漸地，某個午後，他們會被這個以胎兒姿態聚集在一起的沉默雕像群吸引，也被他們的領袖聲音吸引，很快的，就成為集會的一分子。

圍繞在古書收藏家身邊的書籍堆成塔一樣，還有被太陽曬得褪色的一捆捆紙張，他過著隱居生活，宛如塵世陌生人。他從印刷著尊貴語言的八開本書卷中，讀取已逝者的人生，他不需要置身於時間與空間的嚴峻，就能研讀時間與空間：他是個囚犯，四周環繞著由印刷書、難辨識的潦草筆跡、異國文字組成的廊柱，人類的每一時刻都依照字母順序排列在他房間的牆上，除了他的視線外，不受任何事物侵擾。他已經在這個房間裡待了三十年，每當夜幕低垂，這裡就是他逃離孤寂之地。他手中抓著一卷書，手指插在剛剛看的書頁上，古書收藏家很小心地辨識物質世界和他藉由書本記憶所知曉的世界之間的異同；他居住的城市正在變幻中──每個晚上，潛伏街角乞丐的數量越來越多，一群陌生人湧上街道，或是躺在巷弄裡和路邊，古書收藏家對這改變感到驚愕。

5

「你確定這條路最近？」

「是呀。走過這條街道，會進入一條巷子，接下來直直走就是了。」

「嗯，好吧。」

當我們不去他的書房兼寢室，或是煙霧瀰漫的妓院時，丹尼爾會拉著我到另一個地方，那裡不久之後就成為消磨我們青春歲月的第五個地點：那是一條與螺旋大道平行的小路，可能在很久很久以前，就有六、七十個男女（老少皆有）占據了這條長約四分之一哩，位於市中心邊緣的小路。他們整天待在那兒，坐在水果箱或水桶、搖搖晃晃的凳子和骯髒的搖椅上，身邊圍繞著又髒又黑的書高高堆起的廊柱，如山書卷堆聚在主人身邊，猶如神殿的柱子，而神殿的屋頂前一天才被嫉妒人類膜拜藝術與文學的無知神祇偷走。幾乎每一個經驗老到的書商都認得丹尼爾，他們會給他珍本書和藏書者的收藏品，或者從祕密角落裡拿出一本厚重的書，上頭有燒焦的痕跡，或書頁因本城潮溼氣候而長了棕色霉斑，丹尼爾會如獲至寶、大喜若狂——那時他還年輕，還沒學會該怎麼跟人討價還價——根本不可能殺價，無可避免的，他掏出口袋裡的每一分錢去買書。

彎曲巷弄內到處可見外表鬼鬼祟祟的買家，他們搖頭晃腦漫步於書堆間，試著辨認書背上的書名，這些書名因為長久暴露於陽光和濕氣中而變得模糊。彎曲巷弄內還有蠢蠢欲動的賣家，潛伏於層層堆疊書籍形成的壕溝間，或是站在一整排用木片、木樁、厚板、金屬板臨時搭就成的箱子前。置身這條人們稱為「文獻小徑」的巷弄裡給我一種奇怪的想法，這景象就像是雷．布萊伯利[8]的小說。當我穿梭於書籍與書商滿溢的曲折巷弄時，我想像這裡是難民營，他們被一群依照指令要銷毀世界上每一片紙張的軍隊追逐——他們是擁有高度文化素養的流浪部族，也是殉道者，自願肩負拯救人類歷史的任務，並再度建立圖書館。遠處有幾個女性和年輕女孩站在一群書商間閒聊，她們根據聽到的故事內容，發出相應的

8　雷．布萊伯利（Ray Bradbury），《華氏451度》作者，描述未來世界不容許書存在，救火員的工作就是焚書，人們只能偷偷藏書讀書。

歡樂叫聲和痛苦低吟，而在這幾個女孩身後，可以看到有個年輕男孩的身影隱匿於附近一個攤子裡。即使有幾位女性在場，這塊獨特領地依然瀰漫著濃厚的男性氣息，由年輕、活力旺盛的商人主導，如鷹隼般準確地獵捕商品，他們會喊著一些小型插畫作品或基督教百科全書的名字，好像他們喝賣的是機械工具或是學校用品。但同樣的，這裡也有一些較寧靜，年紀較大的商人，他們幾乎都窩在小如劇院座椅的染色金屬椅上，一邊閱讀，一邊在句子、段落底下做記號，一邊偷偷抬臉用算命師般毫不在意又疲憊的眼睛觀察，他們在腦中分類、描繪每個行人、想要攀入上流社會的人，和路過買家的樣貌，他們周圍是用修補的圍牆搭建起來的脆弱書店，沒有天花板，每天都會在這兒待上十到十二小時。

當我們經過滿坑滿谷的桌子時，丹尼爾跟我介紹這些買賣古書的小販：他們從前是魚販或菜販、學校教師、從醫院或監獄退休的警察、從孩子家裡被趕出來的老人，不幸的是，有些人晚上還睡在白天工作的那個不舒適小亭子裡。其中一人猛地激發了我的想像力：他是一個上了年紀的老人，眼睛斜視，額頭平坦。他頭頂已禿，有曬傷痕跡，繞著一圈染過色、有光澤的頭髮，脖子上圍著一條方巾，穿有衣領的襯衫和灰色褲子。他的外套掛在小亭子的梁柱上，而在一張由紙箱組成的桌子上，放著一個出奇小又黑的頭骨，可能是小孩子的，也可能是猴子的頭骨。這個老人是這群古書商中唯一曾經開過真正書店的人，不過他的書店在多年前就已經消失了，戰爭初期，書店緊鄰的大樓（擁有者是一間外國公司）遭到轟炸，書店被連帶炸成粉。

丹尼爾笑著說：「他是個默默無名的專家。」他介紹我們認識，他告訴我老人姓亞納烏瑪，綽號金翅雀[9]，並且推著我在一張潮濕的小木椅上坐下，一副「我們要在這裡待一會兒」的樣子。

那一次，亞納烏瑪一連說了好幾個小時，他聲調緩慢但富有感情，中途數度離題隨意談起一些細節，而後爆出幾則不合常理的故事，在每一個故事中，主角與其說是人，不如說是一種概念。準確來說，是兩個特別的概念，以及它們的連結：死亡和書籍。雖然他說了大量的日期、特定人名、地名，並引述艱難的神祕學、異教邪說、宗教法庭，也提及一些自進入現代以來就無人閱讀的傳奇作品和參考文獻，或是過去數世紀裡被當權者審禁的無數作品，我從丹尼爾臉上幾次

9 金翅雀（Cabecita Negra），南美洲的一種鳥，擅鳴，會模仿其他鳥的叫聲，這綽號在暗諷亞納烏瑪的舌燦蓮花。

閃過的短暫笑容和愉悅神情得知，亞納烏瑪是個瞎掰故事的老手。無論如何，他說的故事出色且駭人聽聞。那天下午他說了很多故事，但我最記得的是馬革努斯．舒華寇醫生的功績，他是德國數百個死亡天使之一，在執行「最終解決方案」那一段期間，他發現了自己的潛在創意才氣。

舒華寇是比克瑙集中營負責第十一病房實驗室的三位外科醫生之一，比克瑙又被稱為奧斯維辛第二集中營，位於波蘭城市奧斯維辛的近郊札索爾附近。「就跟其他人一樣，」亞納烏瑪強調這是難以理解的巧合：「舒華寇也想要將死去囚犯的皮剝下來，做成紙張。」不是美國人在紐倫堡大審時呈上那種像粗糙燈罩的硬紙卷，而是最精緻、柔軟的人皮紙，近乎半透明，但不會讓字跡變得模糊難辨。這種純白紙張可以用來製作最奢華的書籍，而舒華寇夢想在即將來臨的純粹世界裡能滿是這種書籍。他一確認乾燥、滿是凸瘤的屍體皮膚（它們可能早主人一步就衰亡了）無法製成他想要的東西，就要求比克瑙的指揮官將最近進入集中營的一百名健康成人囚犯納入他的管轄，他打算殺害這些人以進行實驗，直到他能精鍊技術，成功製造出最美麗的書籍。他還要求一群囚犯，包括專業人士和學生以同一具屍體提煉的墨水，小心翼翼地在紙張上以剛勁的哥德體文字，抄錄舒華寇每天早上放在他們桌上的書籍：梵語版聖經、德文版莎士比亞作品、非正規拉丁語的《唐吉訶德》。德布里所有的版畫作品就交給集中營裡最熟練的藝術家去做。還有薩克斯．日爾曼尼庫斯的《歷史》、歌德的《浮士德》和《列那狐》，還有舒華寇和但澤地區一位年輕哲學家的通信（有人大力向舒華寇引介這位哲學家）。在一九四二到一九四五年間，這位醫生不斷製作作品，要求提供更多新囚犯，然後將這些病人變成書籍。他在營房裡一張腐臭的平台上剝除人皮，讓他私人圖書館的收藏日漸增長。一九四五年五月一日，當時只有一男一女仍留在那個房間裡——他們是兄妹，其中一人即將被處以在另一人皮膚上寫字的刑罰。舒華寇交給他們一份手寫文獻，裡頭記載了他所做的一切內容細節，接著他親吻兩人的臉頰，向他們道別，然後走進辦公室，用槍轟掉自己的腦袋。「他的圖書收藏，」亞納烏瑪用一種神祕的語調總結道：「後來被俄國人徵收，又在一九五三年流到黑市，顯然當初是某個慈善家從史達林手中買下的，支票則從南美洲寄來。」

亞納烏瑪可以毫不費力編造出許多這類故事，他回憶或編造故事的速度飛快，說起故事如普羅旺斯的吟遊詩人一般流暢，還帶有一種警世的弦外之音，這些故事有的很古怪，充滿惡意，他卻依然荒誕指稱它們是出自某些歷史學家及百科全書編撰者，但這些人根本不可能知道這些故事；每說完一個故事，他就會不知不覺地拿出一本書，放在那張小小的紙箱桌上，並宣稱這本書是不可或缺之物，然後開始另一個故事，幾小時後，就會有一堆書卷擺在那兒等著講定價錢，送去丹尼爾家，因為丹尼爾是個什麼書都看的買家，他願意買下所有可能記載老人所說的可怕故事的原始出處，就算這書只是略微觸及故事內容，或者根本不靠譜。

我們正要離開時，亞納烏瑪從桌子底下拖出一個合板木做的箱子，拿出一本封面醜陋的薄書：紅色字母的書名為《插畫版厄舍府的沒落》[10]。他說：「我知道很多人覬覦這個版本，我送你當禮物，你也不要驚訝，因為不是給你，是給你的小妹的。把這本書給蘇菲亞，或許有一天你可以帶她過來這裡看看。」

我們離開了，一路閃開叫囂的書販與幾乎要絆倒我們的大拍賣書堆——看起來都如出一轍。「祝你開卷愉快，」亞納烏瑪在一段距離外喊道：「別忘了再來找你的朋友金翅雀。」

丹尼爾問我，有沒有注意到放在桌上那個又小又黑的頭骨。我說：「我第一個注意到的就是那頭骨。」丹尼爾拉住我的手臂，開始跟我細數放在幾個小亭子入口的十二個頭骨。

「這些頭骨是一種記號，」他說：「有些人了解那記號是什麼意思。」

我問：「什麼記號？」沒有掩飾我已經對他那種陰謀論調感到不耐煩了。接著丹尼爾開始告訴我這些資深書商的另一面。

丹尼爾說：「他們其中有些人也做些書以外的買賣，頭骨就是給那些想要向他們買其他商品的人看的記號。這是一個很小的網絡，大約不超過十二個人，他們組成了販售人體部位的黑手黨。不要用那種表情看我，這又不是什麼恐怖故事。醫學院學生需要身體部位做練習，不過學校沒錢提供這麼多。我們都知道願意死後捐器官供人使用的人不多，更不用說是大體了，醫學院努力招生卻不願盡力提供學生們所需。醫學院唯一能用的大體是停屍間提供的，但是僅限身分不明，且過了一段時間後還沒有人來指認的屍體。透過這些程序被送到校園的屍體少之又少，抵達時也已經幾近腐敗，接著被一群如禿鷹、食人族般覬覦的學生攻

10《*The Fall of the House of Usher*》，愛倫坡的小說，描寫主角的昔日好友住在古宅裡，他跟罹患精神病的妹妹如何看著古宅倒塌，並雙雙死亡。此篇小說寫作採取「故事中有故事」，暗示《利馬古書商》寫作的類型靈感源頭。

擊，轉眼就被大卸八塊，再轉眼又變成無以名之的碎塊了。學生若想利用課餘時間研究還保有原來形狀的一隻手臂，一條腿，一個頭顱，一顆心臟，他得要自己花錢買。想要取得這些額外成品的唯一方法就是去預定，這就是為什麼他們要來這裡，尋找小亭子角落裡擺著黑色頭骨的小販，他們和小販簽下契約，契約中包含確認他們為醫學院學生的證明，兩天後，他們會搭上一台車窗遮蔽起來的貨車，前往城內某間房子領取預定的貨物。去取貨物時，學生最好能自備適當的容器。如果沒有，他們很可能會在回程時被丟在大街上，手中拿著一個塑膠袋，裡頭裝著一枚腎臟，一塊肝臟，一顆表情扭曲、雙眼大睜、露出僵硬獰笑的人頭。」

我們無言地橫跨過兩個街區，丹尼爾試著平衡手中那一疊剛買的書籍，愛倫坡的書擺在最上頭，他的故事激發了我驚恐的反應。我試著不看桌上、書冊間、亭子入口是否有代表走私集團、小而黑的嬰兒頭骨，（搞不好是猴子頭骨，誰知道？）只從他們散發惡意、歡樂、盡忠職守或無動於衷表情的臉上來判斷他們是否表面為二手書商，私底下販賣人體？但是我覺得他們的臉跟別人並無二致。

隨著時間過去，我了解到丹尼爾和亞納烏瑪之間的友誼已經超越了街頭書商交易的關係，那個老人後來常出沒「共同圈」，有時候會突然出現在丹尼爾的書房兼臥房，在書架間來回尋覓，或是跟我朋友做一些祕密交易，我越來越不喜歡他們這種關係，但我也可以理解為什麼會變成這樣，因而我想到亞納烏瑪就聯想到黑色頭骨及其隱藏意義，無法抹除。

6

「一天，」丹尼爾繼續說：「有個女孩來到醫院；她大概十六歲或十七歲，個子嬌小，膚色微黑，眼神空洞，總是在身上披一塊彩色的布裹住雙肩，在胸前打個結，看起來好像背了一個不存在的孩子。她剛來頭幾天只說了兩個字『哈克』，這個長長的音好像是從中空、纖維做的樂器發出來的，不論是誰靠近她，她都會小心翼翼地發出：『哈克』，當看護抓著她去自助餐廳或公共食堂時，她說：『哈克』；每當有病人以散透感染力的恐懼瘋狂眼神觀察她時，她也說：『哈克』。除了少數時候，否則她的神情一直都是茫然失措，飄渺空遠，不過有時候出於不明原因，她會解開身上那塊布，將它攤在庭院一角的地上，躺上去，身體捲成球狀，頭靠著一塊磚頭，留有乾涸汗漬的腳底穿著塑膠拖鞋，她會連續嗚咽數個小時，直到入睡。」

如此數周，不知何時起，丹尼爾在午後集會裡注意到這年輕女孩跟其他人一樣，逐漸被這群蹲坐在他書堆旁邊、視線僵固、姿勢不安、身體如懸絲傀儡般扭曲、人人面頰枯瘦的團體所吸引。

「因為這樣，有天下午我去找她說話，我帶給她幾片餅乾，坐在離她一段距離外的走道，我面對著一號門（那是她的房間），問她：『妳叫什麼名字？』她轉頭看我，依然沉默，坐在地板上，雙手抱膝，過了幾秒以後，她以緩慢生澀的聲音說：『哈克』，除此之外什麼都沒有說，但她陰鬱的視線在我身上多停留了一段時間，我可以感覺到那眼神碰觸到我。」

從那天以後，這變成他們早上的例行公事，他們在那兒坐下，隔著對方四到五呎的距離，並未交換視線，也未說半個字，兩人只是背靠著牆，坐在醫院的朦朧半影中，病人在他們之間走來走去，護士奔跑，有人尖叫，開門關門聲不斷，乙醚和酒精的氣味交織成蛛網，呻吟此起彼落，加上其他人發出的片段不和諧聲，在他們的頭頂形成一座聲音金字塔，漂浮在走道上，接著突然消散，化為茫然而必然的沉默；接下來時間一到，庭院裡又形成集會，開始誦讀的儀式。

「不過她從來不會靠近別人，當我站上這群幽靈大軍的領導者位置，打開今天選的書籍，唸出昨天聚會結束的最後段落，並且用文字來滋潤今天的他們時，她離開曲折的走道，走向庭院的另一個角落，躺在那張彩色布上，我想像她另一半的心思由遙遠的地方浮現，加入那些有著僵死面孔的幽靈聽眾。我所唸的故事如此扣人心弦，卻將她推遠，改變了我們，我當時是這麼想的，那改變了我，改變了所有人：一隊軍人緩慢通過村莊的街道，一個孩子在黑暗中尖叫，著火房子的一扇門，一隻狗掛在街燈柱上，一群陌生人忙亂行走，二十五個人一同站在地上的洞穴裡，一群穿制服的人站在十碼外，抬起手中的來福槍。這些故事推展開來，在我的面前，也在庭院裡震懾的觀眾面前具體呈現。」

有天早上，那女孩朝丹尼爾走了五步，縮短這五週以來他們之間的距離。她對他說「哈克」，然後將手伸向丹尼爾，她的手掌上有道白色傷疤，彎曲猶如海鷗的嘴喙，指甲有咬過的痕跡，她帶他走進那間有著骯髒牆壁的一號門，將那張彩色布塊攤在地板上，用手指了指布塊，接著重複說她唯一會說的字，但這次是疑問句：「哈克？」

「我不知道她要問我什麼，或者只是在等待我的回應，或者她覺得我可以給她一個答案。但另一方面，我覺得有一道橋將我們兩座恐懼的島嶼連結起來了，或許有一天，誰知道什麼時候，我們之中有一個人可以跨越那道橋。我們會一起沿著走道，繞著長椅或有兩株灌木的庭院散步，我們會進入休息室，然後不時進入其他病人的房間，我們是穿越黯影的黯影，她握著我的手，熱心地盯著牆壁和天花板，檢視，宛如摸索著灰泥牆的夢遊者，想要找到一扇門，打開通往清醒狀態的祕密通道。」

他們時刻在一起，但丹尼爾從來就沒有要說服她加入集會：庭院的這一頭是一群墮落天使，他們折起的羽翼貼在背脊上，而她坐在庭院另一頭，以敬畏的心祕目睹這場降靈儀式。

「接下來的事情我沒辦法解釋得很清楚。就某方面來說，這個女孩存在，她惜字如金，我每天觀察她，也觀察她如何觀察我的舉動，在在讓我了解，該是我說出自己故事的時候了。」

經過了無盡的退縮，丹尼爾先是跨到走道上，而後進入午後的集會，面對聽眾毫不動搖的反應，以及黃昏後就籠罩庭院，有如公墓的沉滯氣息，丹尼爾決定要回到那條高速公路，回到茱莉安娜的屍體和她身上的三十六道傷口，面對那個時刻——距離他變成他自身的鬼魂，並注定必須忍受這半生不死的人生，已經將近三年了。

「我想要把所有事實都串連起來，將這些事實轉變成有前因後果順序。我是個殺人犯，眾人皆知，卻無人知道原因。我想要向她告白我的動機，可能是我相信她應該不懂，或者該說，我認為她是唯一可能會懂的人。不過，每次我試著要開口說什麼，那女孩就會用驚愕的眼神看著我，說『哈克』。我了解她的意思是：別讓語言介入你我。這就是為什麼我決定要用另一種方式來說我的故事。我在油燈下獨坐了幾小時，詮釋我的記憶，重建記憶神經薄膜的每一個觸突，賦予它空間與形式的意義，希望有人看我寫的東西，或是聆聽它們述說的故事，最後幫它結尾。因此我寫了一篇東西，由斷簡殘篇與回憶組成，表面像是一齣鬧劇或偶劇，實則為悲劇。」

接著有一天，當他正跪在庭院，周身被煉獄的凜冽空氣包圍時，丹尼爾開始訴說他的故事，將故事殘片穿插入他本週選書的段落間，而現在，他吐字費力，從記憶中召喚出故事，拿出他以前跟蘇菲亞玩焚城遊戲時所培養的戲劇化吟遊詩人口吻節奏，推擠出故事講給病人們聽，故事很長很長，充滿密碼和暗示，我們那天下午的對話就在這個故事中結束。

古書收藏家唸道：有個警察來到一個夾在兩座湖間的城鎮，天空映照著陸地，他走在城鎮裡唯一一條街，想找個地方填飽肚子，街上卻空蕩蕩，他發現這鎮上的每一間房子都在最近被燒成柴堆、灰燼和木炭，只有門框還留著，他也看到每個門梁上都掛著一具屍體：這些屍體跟周遭遺跡一般焦黑，脖子上以金屬線打結，每具屍體腳下都有幾個孩子，奮力要抓住吊死者的腳。警察邊走邊想，該是大清掃這個城鎮展開新生的時候了，並決定要搬到這個城鎮定居；他領養了那些孩子，重蓋房子，大約幾個月後，有天他看到山邊有一條由黑色點組成的細線，往城鎮這邊移動；認出這些人是他以前的同袍後，他非常高興，便向他們打信號，當整個小隊的士兵來到這棟房子前，他是第一個迎接子彈的人，接著他們將他的屍體吊在門梁上，放火燒了房子。那一群人列隊離開時，那個人懸掛在那兒，一塊苦澀的污跡滲入藍色的天空，而幾個孩子試著要將他拉下來。古書收藏家嘆了口氣，闔上書本。

7

「走這條路是不是比較慢？」

「要看是什麼時間點。有時候，走在這條路上讓你覺得虛度人生，有時候卻又覺得這個世界上一個人都沒有。」

很久以前，當我們還是大學生時，一起事件改變了丹尼爾的人生。我們整個下午到晚上都在文獻小徑和幾個書商談話，吸入紙張的氣味和空氣中的細菌，搜掠書架上的書籍，直到口袋裡一毛錢都不剩。所以我們得走路到丹尼爾的家，我們沿著螺旋狀的街道走，看著這城市逐漸改變顏色和結構，宛如這城市由沼澤底部緩緩升起，房子和建築穿著一層綠色黴菌，大門和雨蓬噴灑了黑色的黴跡。在街角，警察的身影消散在沙色長外套裡，狗兒從街上消失，路邊也不再看到那些瘋子，十字路口也不見妓女和扮裝者。消失的還有門窗破裂的大樓，繪有塗鴉的牆壁，成堆的垃圾；所有景象都化為一片長滿雜草的原野和垂死的花園，被一圈圈鐵刺網和高壓電網包裹的房子，套著拘束衣的大樓，摸了會觸電的家。從街上看過去，這些房子內幾乎沒有點燈火，也鮮少看到人影在裡頭晃動。

丹尼爾問：「你看到這些房子了嗎？」他的鄰居永遠都是有趣的話題。

我說：「我看到了。」

「看起來好像他們不在那裡。」他繼續說：「也好像是從外面打在玻璃上的投影。根據我的判斷，這是一種全像圖。這些視網膜倒影看起來沒倒過來還真是奇蹟。」他扭了扭脖子，一副準備要去跳蹦床的樣子。「他們把自己關起來，覺得這麼一來就能保證安全。他們等待著審判日降臨，期望上帝能摧毀整個宇宙，可是他們的房子會完好如初。他們如此怕死，於是將自己埋在水泥跟鋁塊做成的巨大棺材裡，一輩子住在裡面，盯著其他失落靈魂的臉孔，這些靈魂是他們的父母、孩子、配偶。我會這麼說，是因為我的家人就是這樣，我想我也跟他們一樣。」

丹尼爾繼續走著，用手掌搓弄指關節，模樣像個憔悴、憂慮的人形蒼蠅。「說到這個，」他說：「你有沒有聽過慕尼黑死者旅館的故事？」

我們轉向通往他家的街道，聽見遠處傳來一陣引擎的歇斯底里吼叫聲，過了不久，一群穿著紅黃色制服的年輕人吵吵鬧鬧經過。我們看到雲梯、斧頭，還有兩道如間歇泉般爆發的水柱噴向一扇二樓窗戶，一道圓柱光源從死寂的天空落在丹尼爾家的房子上，房間淹沒在一團團攀升的煙霧裡。一時之間，丹尼爾還站在我身邊，我們兩人都動彈不得，手足無措，接著他突然跑了起來，奔入房裡，被門和家具的殘骸、斷裂的窗框絆倒，他跨大步一轉身，身影隨即隱沒於腥紅色的火焰簾幕之後。一陣恐慌讓我全身僵硬，胸口、雙手、滿是淚水的雙眼，都感受到地獄火焰的灼熱。在噴水管發出的嘶嘶聲中，我聽到一陣哀鳴，宛如上百個報喪女妖和鬼魂合唱，籠中鳥在活生生被燒死時發出的淒厲尖叫，此時我注意到靠近前門的那道牆正在逐漸崩毀，牆中央開出一道裂縫，大到可以將整個手伸進去。接著牆崩塌了，引發一陣爆炸，一瞬間，煙氣籠罩了一切，直到兩個從火焰中冒出來的消防員打破這短暫沉寂，其中一人手裡抱著一具軟弱無力的細瘦身體，那是個衣不蔽體的小女孩。我看著那張已然認不出來的臉孔幾秒鐘，才發現那是蘇菲亞，丹尼爾的妹妹。

我走向抱著蘇菲亞的消防員，看見她雙目緊閉，雙手擺在腹部上，我告訴消防員，我的朋友還在裡頭。消防員將蘇菲亞擺在滿是欄杆碎片的地上，又衝入房子裡。有個醫護人員過來打開蘇菲亞的嘴，捏住她的鼻子，接著拱起背朝蘇菲亞的嘴吹入空氣。曾經當過丹尼爾褓姆的老女人歐爾嘉坐在對街的人行道上，臉上沾著黑色的煤灰，裙子扯開裂至大腿。有兩個騎腳踏車的孩子在她身邊繞圈圈，一邊做出驚恐或噁心的鬼臉，他們看著她的神情就像在觀察一具屍體。有個警察將歐爾嘉拉起來，帶著她坐上巡邏車，有個年約十五歲的女孩坐在巡邏車的車蓋上，雙眼眨也不眨地盯著火看。我跪在草地上查看蘇菲亞的狀況，她依然一動也不動，禮服裙子的下襬被警察和消防員踐踏，一名醫護人員猛地朝她的胸腔吹入一陣空氣，蘇菲亞全身顫動，脖子扭向我，嘴裡流出黑紅色的液體，濃稠如將一堆蜘蛛壓爛的汁液。她的下巴顫抖著；眼下皮膚是帶著痛楚的橘紅色薄膜，頭髮宛如細線糾纏的網。蘇菲亞將臉轉向房子，接著又轉向我，視線直直穿越我，鬆開的唇後面是灰炭般的牙齦，舌頭上散布著水泡和燒傷；她眨了幾次眼，然後閉上眼睛。

又是另一陣爆裂的崩塌，燃燒的護壁板和階梯的碎片點亮了夜晚，頂樓窗口吐出火花和殘骸。接著，丹尼爾從一片斷垣瓦礫中現身，手中抱著兩本被燒成焦炭的書，眉毛和睫毛猶如煤灰覆蓋在眼睛上方，他神情呆滯，身上的衣服浸滿了厚厚一層泡沫和炭粉。他們的父母出門旅行不在家，房子裡只剩下蘇菲亞、歐爾嘉和另一個女僕，是這個女僕先跑出房子大聲尖叫，讓鄰居警覺到火災。丹尼爾穿過前庭，朝人行道走了幾步，接著倒在路緣，發青的臉貼著地，背上升起幾縷煙氣，雙目流血，嘴裡流出灰色的唾液。我跑過去用外套將他包起來，直到幾個消防員過來將我推開，照料丹尼爾。我不知道究竟過了多久。周遭事物都慢了下來——丹尼爾倒在那兒，有兩個消防員圍著他；蘇菲亞倒在另一頭，就在房子入口處那棵樹下，她小小的身軀被一群警官、護士、圍觀的人環繞，聲音形成一股嘶啞、規律起伏的浪潮，淹沒在穿過門廳朝我們滾來的爆炸漩渦流中。此時，頂樓突然爆炸了：我聽到天啟般的隆隆聲響，如巨人被一只龐大枕頭壓住，發出模糊的喘息，接著，一陣紙片灰燼的粉霧降臨。我一直蹲在草地上，那一陣書本碎片落下時將我燙傷。我用襯衫護住自己，倒在地上，在我的一側，我聽到丹尼爾的失魂悲嘆，而在另一側，我看到蘇菲亞已經從昏迷中甦醒，睜開一只眼睛，那眼睛上有一道很大的燙傷痕跡，血與汗流淌而過。她睜著眼看著陣陣閃光，看著書籍因爆炸的衝力如流星殞落街頭，不放過這強烈景象的任一個細節。她看著眼前景象，神情歡樂又懼怕，即使臉上布滿煤跡，身上僅餘幾塊碎布，也無法掩蓋她的情緒。她著迷了。我從來沒見她這麼快樂過。

丹尼爾住院二十天治療臉上、背上和手上的紫紅色燙傷（這些燙傷中只有額前那道棕色十字形傷疤沒有消失），他咳出一堆水，肺和胃也長了一堆微小的癰。接著他跟除了蘇菲亞以外的家人住在一間租屋裡，另一間房子正在改建。他的書有一半被搶救出來，成為他新藏書的開端，也是在這個時候他說服父母親，火災中損失書籍的金額之大，證明收藏這些垃圾和舊書卷的瘋狂興趣也可以是一門好生意。他的父母為了讓丹尼爾不再沮喪悲傷，便出資贊助他創業。

有一天丹尼爾告訴我，火源是在他妹妹的臥室裡發現的。歐爾嘉當時聽到有人在讀一段喜劇的荒謬對話，她知道這是丹尼爾和蘇菲亞常常玩的點火遊戲。丹尼爾下令僕人不可將這些原始儀式洩漏出去，她遵從命令，但心裡也帶著罪惡感，害怕這遊戲會不會有一天玩得太過火。過了一會兒歐爾嘉才發現，這次聲音並不是來自後院，而蘇菲亞獨自陷入了誦唱詩歌和聖歌的恍惚狀態中。歐爾嘉推開臥室的門，一道透明的複燃氣流將她推向階梯口。她倒在那兒，看到蘇菲亞就在房間裡頭大笑，雙眼發出純真的光芒，橘黃色火焰在她周圍舞動包圍住她，雖然歐爾嘉試著再度接近房門，朝那裡走近幾步，但門邊一個擺著許多起火燃燒娃娃和人偶的高架子倒在她身上，迫使她驚恐地逃離。

有幾份報紙報導了這場火災，認為是恐怖攻擊所致，他們將火災事件跟丹尼爾的父親拒絕支付危險分子團體的勒索金連結在一起。丹尼爾告訴我這個傳聞時發出了難以理解的竊笑，他正陷入沮喪，這讓他變得多話，像在談論發生在久遠以前的毫無關連事件一般，跟我訴說那天晚上的事。

根據另一個女僕所言，蘇菲亞那天整個下午都在等丹尼爾回來，她坐在書房的床上練習那天預定要演的喜劇獨白和對話，也已準備好了一個鐘塔模型；這鐘塔會是高潮那一幕的儀式火堆。她等了好幾個小時，可能是因為無聊，還加上她的壞脾氣，她開始用卡通人物的聲音咒罵，這讓歐爾嘉有了警覺，但還沒有嚴重到讓她去看看究竟發生了什麼事。蘇菲亞走入地下室，一路上遇到的人都聽到她嘴裡噴射出帶著大量酸臭的咒罵字眼，但根據看到她走進地下室的司機的說法，唯一能聽懂的字眼是「丹尼爾」，她是帶著怒意說出這個字的。她從地下室拿出一棟房子的模型，也就是他們現在居住房子的模型——丹尼爾憂鬱地說：「家是灰燼之所在。」——她將模型拿到自己的房間，從地下室一路重重踩著階梯上樓，穿過車庫，來到一樓，接著爬上二樓，然後點火燒了那座模型。燒了那棟微型房子的火焰，也將真正的房子燒毀殆盡。

隨著時間過去，丹尼爾越來越不想談蘇菲亞，似乎是盡量避免想到她，即使那女孩的陰影清晰浮現時也不想談。我不只一次跟他問過蘇菲亞，丹尼爾不是不發一語，就是不肯放下當時正在談的話題，不管話題是什麼。

有一天我忽然想起（我也不知道為什麼）一件事，並告訴他那個晚上在看到第一道火光之前，他曾經問我一個問題：「你有沒有聽過慕尼黑死者旅館的故事？」

丹尼爾想了一會兒。「當然記得。我看到火焰的時候，正想告訴你那個故事。事情是這樣的，」他說著斜靠在床上的枕頭上，將聲音變換成故事裡的角色，開口說道：「十九世紀的慕尼黑正流行一種很特別的傳染病，或者該說是一種集體精神疾病。當時發生了一些事件，簡直就跟驚悚小說裡的橋段一樣，有人死了，一兩天後，喪葬儀式還沒結束，可能是守靈或埋葬時，在眾多身著黑衣的親屬包圍下，他們一臉困惑又悲傷地從棺材裡坐起來，想著這是不是有人對他們開惡意玩笑。他們怨聲載道地離開棺材回家去，接續做死前所做的事。醫生診斷這些人罹患暫時性昏迷、癲癇、嚴重但暫時性的緊張性抑鬱障礙，以上都是從他們身上發現的奇特症狀，但並非每個人的狀況都相同。雖然醫生試著解釋原因，但人們大多把這現象當作邪惡的或可能是神聖的預兆。不管是邪惡還是神聖都一樣，因為這些人證明了死亡是一種虛假而脆弱的狀態，有時候還可能很短暫，這現象還引發一股建立防範措施的熱潮，有些人發明了內附號角或響鈴的石棺，若死者的復活速度較慢，他們在墓裡醒來時可以從地底下發出聲音，提醒上頭的生者他們活過來了。因此人們挖墓地時會留下一個逃生口，有的棺材裡附有可以打摩斯密碼的鼓，還有條電線連接到地面。在這沉醉於懼屍症的高峰期，有人想出了Leichenhäuser的概念：死者的旅館。剛開始的時候，這些旅館是一個個的小房間，裡頭放了一些食物，還配備有水井，另有附家具的臥室、客廳、浴室，死者的屍體會暫時放置在房間內一段時間，大約是兩週到兩個月，家屬希望他們活過來時可以找到能讓他們恢復活力和力氣的食物飲水，這樣有一天他們就可以跳上馬車，駕著馬回到城裡。過不了多久，滯留旅館的期間變長，旅館也發展得更精細。在大約一八六五年時，編年史家提到（說法有些誇張，但跟事實也相去不遠），位於慕尼黑西南部的殯儀館區大小已經跟舊市區中心沒兩樣，這個區域有雞舍，有幾座三層樓的樓房，有兩或三條圓環狀的鵝卵石街道，房門前則放置著驢子的骨頭和馬的屍體，期盼有一天早上牠們的幽靈主人可以打開房門，跳上馬匹，逃離這座惡夢般的城市。有一條路連接了慕尼黑和死者的領域，走在這條路上的人們永遠也不知道，從對面方向走來跟你擦身而過的人究竟是活人，還是剛剛才復活的屍體。他們看起來一模一樣；沒有人能分辨出死亡和它陰影的差別，而死亡的投影，就是生者的人生。」

事件過後將近一年，歐爾嘉第一個和我談蘇菲亞，不過她每說一個字就在身上畫一個十字架。雖然蘇菲亞在火災中倖存，但她臉上大部分都是燙傷疤痕。四肢上也有很多傷疤，燙傷讓她先天即有問題的肌肉變得更脆弱，她由先前那個難以控制、反覆無常、有時會陷入暴怒的小女孩，變成陰沉、尷尬且沉默的人，從曾經跟她一起生活的人來看，她反倒變得更加凶殘，因為她的臉上始終掛著我在火災當天晚上看到的幼稚又幸福的笑容，那笑容已經覆上她毀容的臉孔，讓照顧她的護士看得毛骨悚然，也讓來探視的訪客渾身起雞皮疙瘩。

她唯一一次對別人開口說話，是在父母也在場時對丹尼爾說的一句話：「現在我的房間變成世界的中心了，而『你』就是我的助手。我已經寫好那些該死玩意兒的名單了。」

就在那天晚上，她的家人決定等蘇菲亞一離開醫院就要送她去療養所。接下來幾天，她的母親探訪過所有精神科醫師推薦的地方，選了一個位於城市外圍，專門讓有錢人家孩子居住的地方，那是一個迷人的小宮殿，有石牆、三排傾斜的屋頂、拱形窗，裡頭的居民是大約二十多個金髮、紅髮、黑髮的孩子，他們有些人身體部分癱瘓，有些是可怕事件的受害者，他們無法自己綁鞋帶，也不敢看自己在鏡子裡的臉。蘇菲亞總是戴著一條白色面紗在孩子間遊蕩，唯有她想嚇人時才會掀起面紗，露出那永恆不變的笑臉，當有人對她那張奇異扭曲的臉感到好奇，且意圖要引她生氣時，她就會伸出食指，畫出無言的質問。只有讓療養所同伴產生一陣短暫無形的恐慌，之後蘇菲亞才會稍微恢復真性情；她會去庭院散散步，誦唱以前在點火儀式時唱的聖歌，她會靠在一棵樹上，開心地用雙手擁抱樹幹，隨即又痛苦難耐，全身凍結似地站在那兒，彷彿這個肌膚堆滿傷痕和伸縮傷疤的紅棕色女孩與樹幹結合在一起，成為樹的一部分。護士要把她拉離那棵她抱了幾個小時的樹，帶她回屋子裡時會不禁全身戰慄，因為會聽到她的骨頭吱嘎作響的斷裂聲，肌肉拉成兩半的撕裂聲。這樣的事件每次都讓蘇菲亞在床上躺好長一段時間，她動也不動地看著周遭，臉上掛著永遠不變的笑容，盯著蚊子飛來飛去，因為陽光而迷失方向，撞毀在紗窗上，她就這樣躺著不動，在這段期間，她的骨頭接合在一起，關節回到原來位置，肌肉組織附著回來，她身體回復的速度比以前快了一點；幾週後，蘇菲亞終於可以起身下床，可是姿勢變得更彎曲，比以前更奇怪，動作也變得非常醜怪。

若不是我看到幾份報紙上的報導，我會認為蘇菲亞的事情是以非常難以置信的方式落幕：蘇菲亞待在那個讓純真卻行動不良的孩子們居住的監獄約四年或五年，有天早上，值班的護士來到她的房間，跟以往一樣要叫她起床，並幫她換衣服，然後帶著她和其他病人一起用早餐；但她發現床上空蕩蕩，床頭櫃上擺著一個細心製作的小型蠟紙房子模型，房子的門窗用蠟筆描繪，旁邊還放著一個火柴盒及一張卡片，卡片上寫著「蘇菲亞」，那是用紅筆寫的，其中i字上的那一點寫得特別大，猶如邪惡的血滴，很明顯是想寫成一個心型。大家都在揣測蘇菲亞的消失是綁架或是逃家，也有些人認為是謀殺或是自殺。但自那之後，丹尼爾就堅決不再提及蘇菲亞，這十五年來，即使有時看到丹尼爾的眼眶漾著清澈濕潤的液體，我知道這是因為對蘇菲亞的記憶湧上他心頭，但他還是什麼都沒有說，而我也什麼都不敢問。

8

「我得加緊你的進度。」丹尼爾繼續延續那天下午在醫院的談話，外面籠罩著一層輕薄的霧氣，丹尼爾的下唇掛著一條唾沫。「我有些消息要告訴你。你以為我的人生不可能再慘了，但真的變得更慘了，這就是我打電話給你的原因。」

丹尼爾雙手撐著庭院的地面伸展身子，站起來，走入空蕩蕩的迴廊，雙手雙腳微微顫抖，猶如剛壓下的琴鍵發出的鳴響。我跟著他後面走，進入房子內，回到他燈光昏黃的房間，我跟之前一樣坐在椅子上，而他也一樣坐在地板上。他接著向我解釋前幾天打電話給我的原因。

「有一次集會，」他說：「我唸完我的故事以後，大家跟每晚一樣隨即解散，暫時遠離瘋狂的時間一結束，病人嘴裡又開始發出無意識的噪音，接著消失在自己的房門後。一切都很正常，病房的例行公事就是如此。」

但丹尼爾還留在庭院裡，思索著自己那毫無意義的故事：「他們聽我的故事，臉上很少有表情變化，因為疾病早已使他們的臉變形：精神分裂症和精神錯亂會留下印跡，像是無法抹去的象形文字。他們的臉是一張寫滿字跡的紙，擠滿了難以分辨的提示，任何新情緒都消失在被疾病胡亂塗鴉的複寫紙上。我坐在那兒好長一會兒，」丹尼爾說：「不知道多久。我覺得很悲傷，心中有種矛盾的情感，覺得我似乎太早將唯一完全屬於我的東西脫手，做法這麼沒有邏輯且盲目輕率，用的字句既無法表達也無法保護我自己，從我的潛意識浮現到意識，好像一面壁畫，當我終於起身，決定要回到自己房間時，才發現庭院裡還有別人。她躺在那張彩色布塊上，頭枕著磚頭，雙眼盈滿淚水，嘴裡發出微弱的聲音：『哈克。』」

丹尼爾發現這個幾乎還是少女的女人還清醒著，而且心中出現一種荒謬的念頭——這個女人聽得懂他的故事：否則要怎麼解釋她的呻吟？她雙手交疊擺在胸前，看在他眼中像是懷抱著深深的同情，接著她的手移至頭部，將如齧齒動物小爪子的纖細手指塞入耳裡，好像想要將剛剛進入腦子裡的字句拉出來。

「我坐在她旁邊，」丹尼爾說：「那天霧氣凝重，就跟今天一樣；空氣很濕潤。我將一隻手放在她的手上，嗤笑，然後說：『妳聽我說，那些都只是故事，是歷史，是文字，一點都不重要。』當我說這些話時，我也不清楚自己在想什麼，意識到有人可能理解我的故事，我快樂嗎？——兩座恐懼島之間的橋梁是不是終於搭起來了？相反的，我感到哀傷，筋疲力竭，空虛。就是這麼一回事——我不僅留下了自己的故事，這個故事現在是她的了，是『哈克』的故事。她比我更能鮮活、真實感受這個故事，並且因而受苦。那是吃一堆藥、被迫遺忘的我無法感受的。」

那是兩週前的事；每天下午的集會照常舉行，歇斯底里的病人圍繞著丹尼爾蹲坐，形成半圓弧形，他的故事裡充斥軍人和警察、大群農夫、恐怖分子、社會邊緣人、遊民、移民、殘障、盲人，一個寓言故事和其他寓言故事交織纏繞在一起，那女孩一直都蜷著身子縮在庭院最遠的角落，邊聽邊發出呻吟。

「可是，每次傍晚集會解散的時候，我注意到有些事情改變了。有一群病人會靠坐在地板上，猶如一團骯髒的黯影，互相嘀咕呢喃，或者他們會先散開，接著又到長椅後頭，躲在大門旁，站在一小片草地的邊緣，再度聚集在一起。他們好像突然能用彼此能懂的語言溝通、協商。」

每次丹尼爾發現他們聚集在一起，一些曾經讀給他們聽的故事字句就會如碎片飛到他臉面。有一次他聽到：記憶首尾相連，猶如蜷曲盤繞的大蛇。有天早上他聽懂了這一句：你的耳蝸就像彈孔一樣小，而有一天傍晚他聽到這一句：這就是我，一個被關這裡的東西：強暴機器是也。接下來一句是，用精細的手法蹂皮、乾燥、切碎以後，就能製成最細緻的紙張。不過說完句子，他們一感覺到有人發現了，就會將臉轉向他，一看到丹尼爾，他們隨即閉上嘴，回復機器人的表情，急速沒入沉默的叢林。

「他們跟以往一樣穿越庭院，雙眼游移看著貼了磁磚的水泥牆，但是突然間，不知什麼時候又會有三或四個人擠在一起，形成一個半圓。不管是在哪裡，他們的聲音都響徹病院每個角落。有一次我聽懂一句：墓園很大，逐漸蠶食街道。有時候會冒出一陣顫抖的咯咯笑聲，打斷了句子，我通常都沒看到笑聲是誰發出來的，不過都會聽到一陣腳步聲在大廳消逝，伴隨著逃逸的笑聲，我緊追其後，卻只看見一整排白色和灰色緊閉的門扉，門後藏著惡意的嘲諷笑聲。我聽到：我是瞎了，但是我看到胡安，那位缺席的兄弟。我循著來時的腳步回到舖著碎石和沙子的庭院，在沒有遮蔭的樹叢下思考了幾個小時，有一次，有個病人在庭院的一個角落叫道：你得要殺了那個愛你的女人。接著，在醫院極度散漫的氛圍中，風兒輕拂磚塊的青苔，我等了好幾個小時，直至暮色降臨，我聽到沉默之地這句話，那時我的敵人會離開他們躲藏之地，換上一張不一樣的臉孔，聚集到我身邊來，聆聽我的故事。」

有天傍晚，古書收藏家離開他的塔樓到城裡散步，他沿著一條冗長、蜿蜒的道路走，那條道路首尾相連，猶如蜷曲盤繞的大蛇，他散步時，臉還埋在書卷裡，迷失在一本小說或是一本歷史書裡，不過哪一種類型都一樣：古書收藏家讀的是一個傳奇故事，描述一個妄自尊大的人將王國內的窮人分成兩支軍隊，並說服他們自相殘殺。接下來發生了幾次小型戰鬥，最後一場戰役時，那位暴君獨自一人待在一個果園或是墓園裡。一邊看著這本書，古書收藏家敲了敲一扇房門，難以分辨是住家還是旅館，接著在窗邊的假花叢間隱約出現一個女人的身影，屋內有音樂，在她身後還有一些人說話的聲音，他聽到她說，哈囉，跟我來吧，他看著那個女人一會兒，恭敬的眼神不帶半絲懷疑，然後走開了。

9

「我們到了，遲到總比沒到好。」

「你有零錢可以找嗎？」

「好的計程車司機是不找零的。」

《真理報》位於一棟三層樓的狹窄泥磚建築，大約幾年前起，它開始隱沒於隔鄰建築物的陰影，以及水泥袋與警車築起兩層路障間。這建築的木陽台已經磨損，彩色玻璃窗則被俯衝行人之前棲息於窗台上的鳥兒搞得髒汙。直至今日，大批陌生人依然天天在此摩肩擦踵。他們低垂雙眼，行色匆匆或是猶豫不決，猶如一群打完仗後橫越原野的士兵，一邊擔憂敵人會不會只是裝死，下一刻又突然跳起來，用刺刀刺穿他們的身體。

賽巴斯欽．米胡是這間報社的總裁和創辦人，也是個保守主義者和舊式貴族，這些身分讓他在這個社會中顯得很特異，因為根據他的理論，所謂保守主義就是在保護那些低能、混血、庸俗的中產階級，而後者對貴族來說當然是最糟的惡夢。在動亂的那幾年，這家報社不改其傲慢挑釁的語調，成為社會中百分之九十九人民的實質敵人，它攻擊起政府和政黨，跟攻擊工會和叛亂團體一樣尖酸辛辣，因此很難說到底是哪一邊的團體將報社的車庫、倉庫和前廳的彩色玻璃窗戶炸得粉碎。建築物的兩座尖塔和中央結構還存留著，已經是建築上的奇蹟了；不過，根據報社的編輯、攝影師和祕書所言，比報社沒毀還大的謎團是米胡本人；這位「共同圈」的第一位成員、年過七十的矮小老人，走路時有如彎鉤般駝著背，每天早上還能從人行道底端爬八十個階梯，來到位於建築頂端的五角形辦公室。那辦公室樣式樸素，但頗有威嚴，裡頭擺了一個占據半個辦公室、呈不規則多角形狀的物體，我覺得這個缺乏平衡感讓人望之不安的物體，很可能不過是個蓋了塊白布的鋼琴。牆上掛滿照片，誇耀展示米胡從年輕到衰老的過程：還是個男孩的米胡與很久以前的總理和外交官的合照，年輕時的米胡和早已過世妻子的合照，成人時的米胡和一個看似比他蒼老的孩子的合照，變成古怪老人的米胡和我曾經治療過有語言障礙的姪女的合照。幾天前，在我和丹尼爾長談（長到必須第二天下午接續）之後，我就是在這間辦公室跟米胡會面的，希望可以跟他談談丹尼爾和茱莉安娜。我們的會面稱不上冷嘲熱諷，但也稱不上熱絡。

茱莉安娜和丹尼爾是在報社認識的。他每週三會一大早到報社，將評論專欄稿交給米胡。這些文稿是相當奇特的短篇作品，丹尼爾的行文違反報紙媒體的謹慎傳統，力圖顛覆人們腦袋裡的舊有理論，並且巧妙地引經據典來解釋犯罪率和復仇行動不斷上升乃是人類史的必然，以及兩者間的複雜體系。米胡很樂意刊出這些文章，他想像某些人看了這些文章以後必定會痛苦騷動。當時，茱莉安娜應該是二十三歲左右，才剛拿到藝術學位，報社工作是她的第一份差事。她的辦公室是一樓一個漂亮簡單的房間，有一張很大的方形桌子，用一只細細的伸縮吊臂燈照明，桌上擺著顏料罐、刷子，和一疊一疊的白紙與硬紙片，兩側各擺著一個圓錐型檯燈，她唯一的工作就是替社論文章畫插畫。因此，她必須常常跟丹尼爾確認這些歡快且帶有拉伯雷式[11]嘲諷的文章內容，但丹尼爾的說明通常會離題到最不相關、最隨心所欲的例子，他不時微笑，雙手和聲音神經質地顫抖，茱莉安娜是個理智但也遲鈍的女性，擁有一種罪惡的麻木感，她拒絕濫用自己的想像力，總是懷疑丹尼爾究竟是不是個可憐的瘋子，米胡只是出於同情或好玩才讓他來寫專欄，或者正好相反，丹尼爾是個令人訝異的天才，但諷刺的是，這樣的智慧竟然給了這麼無法和人溝通的人，他就像是一個著急的聾啞人士，會突然大吼大叫，試圖跨越殘缺所帶來的沉默，但是其他人卻不明白，到底是什麼讓他做出這出乎意料的舉動。

過去三年來，我不只斷絕和丹尼爾的聯繫，也沒有和他幾個親近的朋友聯絡，我擔心他們會責備我在丹尼爾崩潰並殺害茱莉安娜後拋棄了他。然而，在我拜訪醫院，聽了丹尼爾說的重要故事之後（那些故事不僅難以解釋前因後果，還讓我如墜五里霧中），我覺得有必要立即彌補過去那段時間的空白。丹尼爾那滿是神祕片段和密碼訊息的故事，就好像壓抑情緒的人接受了某些治療似的。過了這麼多年，我才突然迫切地想要跟人談談丹尼爾，並聽聽他的朋友是如何看待他和茱莉安娜的關係。我想我第一個接觸的人最好是丹尼爾和茱莉安娜第一次見面時也在場的人，這個人對茱莉安娜也抱有一些感情；並且也跟我一樣，在犯罪事件發生時，無庸置疑也幾乎斷絕了和丹尼爾的聯繫。米胡並不訝異我來造訪，聽我

11 拉伯雷（François Rabelais），法國文藝復興期間作家，博學，喜歡以諷刺文筆針貶時勢。

說明過動機後，也沒有顯得不知所措；他很快就開始回想，告訴我他記得的一些事情。

「他們認識的頭幾年，有天早上，」米胡洩漏了茱莉安娜曾經偷偷告訴他的祕密：「她比往常更早離開辦公室，走過兩個街到她停車的地方，等她到了，卻看到丹尼爾坐在鄰近公園的一張長椅上，跟往常一樣身邊圍繞著一堆攤開的書，手上拿著咖啡杯墊跟紙，還有兩杯咖啡，雖然她想偷偷觀察丹尼爾，但丹尼爾對她喊道：『過來吧，別走，喝咖啡嗎？我幫妳買了一杯。』她在丹尼爾身邊坐下，覺得自己好像被哄騙了，而且有點蠢，可是後來她在那兒待了一個多小時，一直在聽丹尼爾說故事。中途，茱莉安娜想問，為什麼丹尼爾的情緒會突然從憂慮轉為亢奮，沉默轉為尷尬，這一點讓丹尼爾的時間感變得支離破碎，且讓他看起來像被看不見的主人任意操控的腹語人偶。雖然她沒有問出口，丹尼爾卻讀懂了她的心思，說：『在我看來，其他人常常覺得我是月球人、對周遭的事一無所知，覺得我的世界很侷限，或者已經脫離常軌，只會沉溺在書本以及自己所寫的評論文章中，或者家裡和書店裡收藏的怪東西裡。妳知道這說法只有一部分是對的。我承認我熱愛歷史、哲學和文學……我只要想到我錯過了這麼多過去的關鍵時刻就心痛，每天都跟這種痛苦的感覺對抗，埋首於書堆，常常沉浸在思緒裡，因此我經常遠離人們所謂的現實，以致大家覺得我迷失於巴比倫圖書館[12]的書堆中，毫無目的地漫遊著。但不是這樣。我不是拒絕正視周遭世界，而是拒絕假裝現實世界比其他東西都重要，妳知道我是什麼意思嗎？過去或未來的每一刻、故事和夢境中的虛構場景，以及那些我們懷疑能否成真、為了活下去卻不得不拋棄的計畫——它們其實就跟這個世界一樣真實，我不想拋棄也不想貶低它們。所以我想，如果我同時活在這麼多個世界裡，時而遠離這個世界也是情有可原吧，妳說是嗎？』」

米胡聲調高亢，但話語一脫離他的嘴就為之解體，繼續說：「茱莉安娜從沒聽丹尼爾談過自己，而突然間，她驚慌地發現自己和丹尼爾產生巨大共感，她被丹尼爾的話語吸引，就像沉浸於小說，急速陷入。『我跟妳說我對自己有什麼看法，』丹尼爾告訴她：『或者應該說是我對自己的期許，我覺得我同時有好幾個身體，由一個極其複雜的核心統合在一起，這個系統讓我可以透過無數個點接觸

12 典故出自波赫士的小說《*Library of Babel*》，裡面藏書很多，全部是二十五個特定符號組成（二十二個字母、空格、逗號和句點），每本都是四百一十頁，每頁四十行，每行八十個字母。

無數個平行世界。這些宛如連體嬰的身體讓我可以接觸、連結、擁抱所有事物，因為如此，我得訓練這些身體，讓它們感官變得更敏銳，也得練習它們的關節移動，彎曲它們的四肢，拉直它們的腹部，讓它們的長度足以到處摸索。我說「身體」的時候，其實指的是靈魂——一個人的靈魂應該要能抵達所有地方。這樣有道理吧？』茱莉安娜回答：『也不是那麼有道理。』丹尼爾說：『很好。我給妳舉個例子。我猜妳沒聽過鬆皮症[13]，是嗎？』」

米胡一提到這一點，一陣悲傷湧上我心頭：鬆皮症正是蘇菲亞罹患的疾病，迫使她在短短一生中過著隔離的生活。我先前提過丹尼爾已經不再提及妹妹，卻常常談起那個疾病。簡言之，丹尼爾是這麼說的：「過去一直有人罹患鬆皮症，但是直到一九〇八年才有正式名稱，當時有兩位醫生，丹恩．艾德華．埃勒斯和法國人亨利．亞歷山大．當洛。他們在巴黎的梅毒和皮膚醫學會認識，因為都不幸有同樣病症的孩子，便決定要調查造成這種先天性疾病的原因，最後做出非常精細的分類。鬆皮症患者的皮膚非常有彈性且鬆軟。他們可以用手指將皮膚拉起來，甚至可以看到皮膚明顯脫離肌肉，拉起來的長度可達十二到十六吋。患者可以把前臂的皮膚拉起來，直到皮膚鬆垮垮地垂下來，腹部和肩膀的肌膚也可以，患者看起來像是披了一件人皮雨衣斗蓬，還可以從頭上脫下來，折疊整齊放進袋子裡。他們的關節也同樣具有延伸性，就像胚胎的細小骨頭一樣，這也是為什麼他們可以把膝蓋、手肘、腳踝或脖子彎成其他人辦不到的角度，好像身體每個部分都有雙重關節，或是能夠以非人的動作將關節拆開，不到幾秒鐘後又回復原狀。當然，從以前就有人罹患這種疾病了。西元前五世紀時，科斯的希波克拉底就曾經描述色雷斯的蓋塔族戰士、基斯泰人和一些在多瑙河及頓河一帶遊蕩的游牧民族，就有這種罕見的皮膚和柔弱關節。西波克拉底和同時代的人都認為這些人擁有力量，可以化為水或煙，泡沫或蒸汽，滲透入敵人的房子裡，停止呼吸或飲水（如此一來即可附身於敵人身上）。當然，這是一種迷信的說法，不過也是基於一種相當深入的直覺——身體具有強大彈性的力量不是屬於神，就是屬於惡魔。」雖然每次說的方式都有些微不同，但丹尼爾在結束這個話題時，總會半帶玩笑地問：「當我們說上帝無所不在時，說的難道不是一種彈性？」

13 學名為 Ehlers-Danlos Disease，先天膠原結締組織異常之遺傳疾病，俗稱鬆皮症，此症由於體內合成膠原出現障礙，以致膠原不足或品質不好，其特徵皮膚有高度伸展性，皮膚和血管較為脆弱，傷口癒合比較慢，關節活動範圍過度增加，所以也被稱為橡皮人症候群（rubber man syndrome）。

「『所以，茱莉安娜，』丹尼爾又說了一句：『我罹患的是鬆皮症的變體，並不影響我的皮膚和骨頭，但影響了我的想像力。』她喝著杯子的咖啡，問：『所以你的意思是說，你在精神上是個怪物？』語調裡帶點挑情，但又相當謹慎小心。丹尼爾回答：『可能是吧。但我想大家都一樣，我們在某些方面都是怪物；我只是在探究一個人的先天性障礙。而且，一個人越是古怪就顯得越特殊。』他壓低聲音，靠近茱莉安娜。『如果跟別人不一樣會讓妳沮喪，這也不是什麼大問題。妳只要找到方法，讓畸形變成一種非凡能力就可以了。妳知道尼可羅．帕格尼尼吧？在他成為世界知名的小提琴家以前，在他的故鄉熱那亞可是讓街坊看了既傷心又厭惡，因為他的身體過度柔軟；他還小的時候沒有辦法長時間挺直身子站立，如果靠著某個東西，身體就會開始慢慢變成跟那東西同樣的形狀。帕格尼尼的病史包括結核病，下顎也有嚴重的骨髓炎，骨頭一度還突出到下顎外。他還有痔瘡和泌尿系統感染，後來又得了梅毒，治療用的汞劑讓他的皮膚看起來像快要爛掉的芒果皮，暗紫色還長滿潰瘡，臉部尤其嚴重。他的諸種疾病中最輕微的是中度糖尿病，讓他的眼角膜和眼睛後面的直肌變得脆弱，因此，在演奏會高潮時刻，這個意志變化萬千卻渾身散發藥膏味的男子會在舞台上痙攣扭曲，製造出沒人聽過或夢想過的美妙樂音，他會閉上眼睛，讓眼珠子慢慢翻到眼窩後，當他再睜開眼睛時，人們只看到兩顆白球。聽眾們不知道他們應該要逃離，還是要為這宛如來自地獄生物所演奏的音樂喝采。人們猜想他的本事是跟魔鬼交易而來，他也喜歡如此暗示，但他其實是鬆皮症患者，大有可能跟當洛的兒子一樣加入怪人馬戲秀，或者跟埃斯勒的兒子一樣，在波爾多的妓院懸梁自盡。但他後來找到了一個平行世界，他那變形、脆弱的身體不僅非常適合那個世界，還所向無敵。帕格尼尼將小提琴抵在臉頰，他橡膠般的手指關節，以及沒有肌腱的手指可以自在擺動，奏出無人能及的音符及和弦，而藉由音樂，他達到這個宇宙中尚無人涉足的領域。』」

「茱莉安娜聽得興味盎然，親暱地問：『這就是你想要做的事嗎？』而他這麼回答：『可能吧，不過跟帕格尼尼不一樣。』她回問：『不一樣？那你要怎麼做？』他說：『這個嘛，我也不知道。這是我最大的問題，不過我想有一天會解決的。』『少扯了，你沒有一點想法嗎？』『嗯，我想是有一個。我就跟其他罹患這種疾病的人一樣，必須強迫自己上天入地，為我的畸形找到適合之物，才能將它轉變成能夠開啟另一個世界的鑰匙。』『你應該是說其他世界……』他興奮地說：『完全沒錯！』她說：『聽起來有點灰暗。』丹尼爾沉默不語，接著邀請她一起漫步街頭，去幾條街外一塊僅剩的綠地走走，那塊綠地夾在幾棟牆壁爬滿噁心綠鏽的建築物間。他開始教她樹和花草、棲息這裡的鳥和昆蟲的學名，過了一段時間，散步成為兩人共通的儀式。」

丹尼爾的朋友中唯有米胡分享了他們這種緊繃又你來我往、語言攻防的感情關係，他敘述的故事版本混合了茱莉安娜的版本。我想，這些故事若是由茱莉安娜嘴裡說出來，應該會顯得簡略且單調，但是由這個老人說出來，卻平添了一股小說般的韻味。我告訴他，我從不了解丹尼爾和茱莉安娜的關係。她感覺是個很單純、柔順且自然的人，這種人通常厭惡矛盾，畏懼異常，而我們知道丹尼爾就是個矛盾的集合體。那天下午，米胡第一次發出笑聲，他用微弱且高亢的嗓音說：「我記得有一次，我和丹尼爾在茱莉安娜家裡，他突然想起一個故事，就跟他的其他故事一樣，儘管嚴重離題，後來都會成為記載奧祕知識的百科全書。那個故事是說有個哥倫比亞的鐵匠只做左腳的鞋子，他接到一批訂單，要幫一整隊即將前往內陸打仗的軍人製作靴子，他說：『我這兒靴子一大堆，幹嘛做？』故事說到這裡，電話響了，丹尼爾起身去接電話，我們全等著他說故事的結局。然後艾黛拉——你記得艾黛拉嗎？茱莉安娜家裡的女僕？她看見我們失望的臉色，告訴我們別擔心，結局很簡單。她說：『那天晚上，軍營裡沒有鞋子穿的軍人們排成一列走上滿是塵土的狹窄街道，離他們六呎遠的地方，有顆砲彈從天而降，當火焰和塵煙消散後，那些沒死的，或者身體沒有裂成兩半的軍人發現他們都失去了右腳，第二天下午，鐵匠就將倉庫裡的左腳靴子都送至軍營了。』艾黛拉說完，走出房間毫無愧色，也毫不懷疑所說故事的真實性。丹尼爾回來以後將故事說完，結局跟艾黛拉說的一字不差。我們聽了都沉默不語，只有茱莉安娜擠出一絲笑容，掩飾不住驚奇與訝異，她說：『我真不知道丹尼爾都從哪裡知道那些故事的。』確實，茱莉安娜不想察覺出現在她生活中的任何異樣，視而不見，也拒絕正視，但是這一次，她可真是嚇到了。你了解我的意思嗎？很可能丹尼爾的內在比我們想的還要單純，」米胡繼續說：「而也可能茱莉安娜比你想的還要複雜。我是比較了解她的人，我可以證實，這個可憐女孩不像表面那麼單純。我這麼說吧，茱莉安娜是兩個不同的女人。如果你想要解開丹尼爾為什麼會殺了她的謎團，你就得要去了解她的另一面。」

10

八天前，丹尼爾感覺到集會正在分解，形成兩個明顯的半圓，兩個半圓都圍繞著一個核心人物打轉：左邊半圓裡的是天使臉孔、粗糙鬢角的老人，他的視線在一張長椅上方跳動，雙唇微微張開；右邊半圓裡的是個年約四十歲的女人，流著鼻涕，手上抓著一根斷裂的樹枝。

「我跟以前一樣唸書給他們聽，」丹尼爾說：「就像這群怪物的大祭司一樣，我會停下來觀察聽眾的反應，看看他們痛苦扭曲的臉；那個女人開始用棒子敲打一個膚色的木盒，彷彿它是種原始樂器，而她是個生錯時代的部族女巫。我隨即恢復朗誦——橫鋸切開，活體解剖指南——但是我從眼角看到他們的姿態出現了變化，還露出我以前沒見過的神情，而我確定了一件事情，有一些病人盯著那個老人，而其他病人則盯著那個女人，他們都是依照這兩個人發出的指令對我的朗誦內容做出反應，可能是一個手勢，一個眨眼，接著其他人也跟著做。天使面孔的老人和流鼻涕的女人一定是帶頭者，聯手率領這些人，想再度把我逼瘋。」

丹尼爾很肯定，這兩個人（他們到底是誰？）對其他人發出指令，要他們不斷重複一個簡單的動作來引發他的反感：他們持續以又高又尖銳的聲音發出呻吟，那是一種合唱，很殘酷的是，歌詞就來自他的回憶。每次集會解散後，那些聲音就會重複出現：這就是我到的地方嗎？我到底是來到一個怎樣的地獄？丹尼爾打算要抓到發出聲音的元凶，想要找出究竟是誰剛開始的時候帶著誠摯的心聆聽，後來卻嘲弄他，現在每天晚上不是躲在岩石後面就是蜷縮在五彩毯子底下，企圖讓他重回癡呆無能的狀態。

「有天下午，我走進醫生的辦公室，我每週都會去一次，因為他們規定我得驗血，我帶了裝了尿液樣本的綠色瓶子，我聽見：塞進褲腰帶裡。辦公室裡一個人都沒有，護士也不在，大概是在休息室吧，一陣神經質的尖叫聲傳來，好像有人用指甲搔刮黑板一樣，我走到房間後頭，拉開隔離辦公室和病床的簾子，看到『哈克』就在那兒，她一臉無畏的表情，夾帶一些緊張，我又聽見：好像那張臉是用三根髮夾固定在她的頭骨上，天使面孔的老人站在她左邊，右邊則是流鼻涕的女人。我不知道究竟是聽到這句話，還是它只是在我腦海了，此時，都無關緊要了：我看到他們在地獄之門埋下骨頭。那三個人肩並肩站在一起，緊閉雙眼與雙唇，雙手握拳，我聽到有人很清楚地說出一句話：最開始的兩刀會切開她的頸背。」

接下來兩天是惡夢的延續。護士們不知是出於罪惡或者恐懼，全跑光了；另一方面，丹尼爾只要一靠近他們，就會聽到：全身如烏鴉般漆黑的身影。他們的聲音常在他的左右，太接近了。丹尼爾可以聽見這些聲音隨風飄揚，吹往錯誤的方向，他聽到物體發出金屬的鏗鏘聲，這些話先是進入他的腦子，然後是耳朵，最後，聲音在空氣中迴盪，接著消逝。

「有一段時間，那些陰謀者的聲音如影隨形，跟著我到醫院的每一個角落——醫生的辦公室，檢查室；有時會突然出現在浴室的牆壁裡說：海底。我有一次在房間裡醒來，一片漆黑，那是午夜，燈火熄滅，我緊閉雙眼，滿是恐懼和冰冷，我聽到，誰也不准提及過去，這個清澈的聲音又說：指甲刺入我的指腹，一聲尖叫蓋過其他聲音，一分鐘後，兩個護士給我注射鎮定劑，想把我的手腳用皮帶綁在床緣上，我聽到：臉朝天，兩個護士並沒說話但是我覺得自己聽到（或者只是腦海想著）：那個傳說中的拷問室，並感覺我的手將身體撐起，在房間裡轉來轉去，還觸摸我的身體，我是一具毫無防備的布偶，或者說布偶的屍體，慢慢地我沉入一個夢境，飽受毆打，不斷呻吟，就跟清醒時一樣。」

到了早上，有個醫生來看他，跟他談了幾分鐘，告訴他一切都沒事，醫生的雙唇間叼著一根沒點燃的香菸。「這只是壓力——壓力會累積，然後釋放。你去庭院放鬆一下，消除壓力。」

丹尼爾遵從指示：他走到外頭，慢慢地走著，在沉默中確認這個地點並無聲響，沒有被各處發出的呻吟、低訴、咯咯笑給打斷，平常到處都是這些聲音，這才算正常，而那個晚上，他甚至敢從房間裡的書架找出一本書（書變得越來越少，他想一定有人把書拿走了，今天一本，明天一本，誰知道），最後一次（真的是最後一次了）坐在庭院中央，統領那些慢慢聚集過來的教區居民，唸了一個故事給他們聽。

但是在唸的時候，他歪過頭（鼻梁上架著眼鏡）張望，「我很肯定，事情跟以前不一樣了。『哈克』跪在離集會幾呎遠的地方，她以前從沒有這樣過，她發出靜靜的抽噎聲，我只能確定她是唯一能理解我的人，集會開始幾分鐘後，她站了起來，模樣焦躁不安，把毯子拖在地上走，身影消失在走道入口。其他人看著她離開，接著眼神轉向我，我不確定是天使面孔的老人還是流鼻涕的女人對我說：『你究竟看中那女孩什麼？你為什麼從早到晚都跟在她後頭？』我隨即開始懷疑，『哈克』是不是發生什麼不妙的事。」

一個小時過後，故事唸完了，集會也解散了；有一群瘋子還在原地徘徊，不過他們口中複述的條理不一字句也逐漸消散。在八點以前，所有的門都關上，燈火熄滅，一群護士進入檢驗室，門以金屬絞鍊鎖上，丹尼爾又再度溜出來，集中注意所有聲響，等著那聲音再度湧來，但據他所說，奇怪的是那天晚上一點聲音都沒有。他滿面愁容地走到一號門前，那是「哈克」的房間，他用手圈起耳朵，貼在門上，雙眉低垂，顴骨的角度上揚，好像這麼做可以增進聽力一樣，他細瘦的手抓住門把，用心傾聽，但門後無聲響。

古書收藏家唸道：一個老人躺在床上沉沉入睡，令他驚訝的是，醒來時他發現自己在一個塞滿稻草的方形木箱裡，兩邊各三呎長，四呎半高。箱子裡很暗，每一面都有一個小小的孔洞，透過其中一個洞可以看到一座軍營，軍營面對一片夾雜著斑駁草地和乾土的草原。老人透過孔洞窺視外頭，看不到人，但是他聽到物體發出金屬的鏗鏘聲，因此他知道在草原上有數百個女人和女孩，躺臥在地上，面朝天，她們的身體通過一個複雜的打氣和傳動系統，那是傳說中的拷問室與強暴機器。有個聲音說，殺了我吧，我為什麼還要繼續活下去？之後老人睡著了，四天後，他在一處鄉間醒來，身在湖岸邊，雙腳浸在水裡，一條大灰魚鑽進他的腳縫。他接下來一整天都在釣魚，狐疑自己是怎麼到這裡來的。幾小時後，他又睡著了，醒來時發現自己又在同一個方形箱子裡，四周圍繞著軍營，但是這一次他箱子裡有手電筒，他用手電筒錐形的深褐色光源照向草原，看到一台機械的某一部位，那是一條金屬鍊帶，上頭有小型的鋼質螺栓和滑輪，鍊帶一轉動就會發出吱嘎聲，他看到在輸送帶盡頭有一個全身顫抖的女人，是那些女人的其中一個，他還看見了殺手，許多殺手中的一個，然後他認出來，那殺手的臉就是自己的臉。

11

「商業中心那兒有一個街，短短的，只占一個巷弄，叫做三劍街。」

「我閉著眼睛都知道怎麼開去那裡。」

「我比較希望你睜著眼睛開車。」

「聽你的。」

那間名為「共同圈」的書店位於一個迷人的角落，幾株營養不良的小樹、泛光燈照亮的招牌、幾間醒目咖啡店和酒吧點綴著街角，這是一條狹窄小路和大道的交叉路口，滿是裂縫的人行道上有許多鴿子、小麻雀和海鷗，點出海洋就在附近，這兒的海不但是魚的墳場也是城市人的垃圾場。書店的一樓很狹窄，後頭擺著幾張桌子，客人可以在那兒自行喝茶、抽菸、閱讀書籍，或者翻閱一些讓他們在其他客人面前可以展示優越感的書籍。他們談論的話題多半是有關年輕的湯馬斯．查特頓虛構的一個中世紀僧侶的一生，或是虛構人物莪相的偉大文集[14]。

在這間書店改名為「共同圈」，而丹尼爾和他的朋友尚未介入經營前，這裡曾是我的約會場所，當時的約會對象後來跟我有一段極短暫的婚姻，而且不是我，是她選了這間書店，因為她有一種自我表現的衝動，這種衝動讓很多人一頭栽入這個充滿各種奧祕知識的空間。沿著書店中央如隧道般的階梯向上走到二樓，那裡的藏書甚至比一樓的還要神祕，更令人垂涎，因為二樓的書籍是特別留給少數雀屏中選者。過去三年來，我小心規避此處，不完全是我不想回憶起過去，主要是因為我怕在這附近遇見丹尼爾的事業夥伴或他母親，擔心他們有人發現自從丹尼爾的焦慮達到極限，因過度緊繃而斷裂，殺了茱莉安娜的那一晚後，我就拋棄了他。

14 湯馬斯．查特頓（Thomas Chatterson, 1752-1770），英國詩人，捏造了一個中世紀僧侶 Thomas Rowley，以他的名字發表了許多詩作，後來到倫敦發展，屢遭書商拒絕，在小客棧裡挨餓受凍，仍持續寫作，最後忍受不了飢餓，吞砒霜自殺。死後，書商在他的住處發現滿地碎裂的書稿。查特頓死後，他在浪漫主義的影響力才獲得承認。莪相（Ossain），英國詩人詹姆斯．麥克菲森（James Macpherson）發表了一系列詩作均以莪相為敘述者。麥克菲森說這些詩作來自蘇格蘭地區的古老口傳文學，他只是個轉譯者。

大學畢業後，丹尼爾完全投入了古書收藏家朋友的偵探喜劇。由於他取得了一系列少見書籍，讓丹尼爾在為數不少的奇書搜獵者中鶴立雞群。我們的友誼曾經暫時中斷過，那段時間他在柏克萊待了幾個月，學習保存古老文件的技術，我的妻子也是在那個時候發病。癌細胞侵蝕她的骨頭，再也無法支撐她的體重，令人沮喪的是，X光照片也顯示在她成人的身軀裡有一副小女孩的破碎骨架，從裡到外都變得破裂且脆弱——她再度變成了過去那個小女孩無力保護自己，直到過世為止。丹尼爾回國後，起念買下這家書店，然後改裝成今天這副模樣：這座殖民堡壘將一絲不苟的研究者、狂熱的聰明學生和胡亂搜索的書籍漁獵者集合在一起。

在丹尼爾打電話給我，我拜訪了米胡，以及我和丹尼爾在醫院談話（那段談話還有後續）之後，我才敢再度踏入這裡。我在書店一角撞見丹尼爾的事業夥伴胡安．加爾維茲，他左手抓著一個工具，那東西只有在「共同圈」裡才算是常見——一把銅製刀身的短刀，刀柄做成捲軸狀，看起來像《天方夜譚》裡的刺客會使用的雙刃彎刀，這位退休的老律師正用這把刀來切開紙箱封條，紙箱裡想當然耳裝滿了書籍。

加爾維茲的女兒和一頭棲息在壁櫥上、黑棕色、有著玻璃般眼珠的巨大貓頭鷹有著驚人相似的嘴喙，也露出同樣貪婪而做作的笑容。那天早上我和加爾維茲談話時，這一人一鳥就伴在我們身邊，一邊等著客人上門。加爾維茲看到我時毫不訝異。他開口說話時，態度就好像我們昨天才聊過天，我費盡心思要引他談丹尼爾，但他以外科手術般精確的姿態將一堆厚重的軼聞書籍放在桌上，好像它們是鳥兒，而他這個業餘標本師正要將針刺入牠們的身體，不過看來這些舉動都跟我的來訪無關。

「以丹尼爾．笛福[15]來說，」加爾維茲說：「他沒有耳朵；他的頭骨滑順，呈圓形，有一點尖，若沒有鼻子跟動物的下嘴唇，看起來就像顆鴕鳥蛋。你知道這件事嗎？我猜你不知道。笛福假髮下的頭顱就像一條魚。可是只要閱讀他的作品，就會發現前言和結語絕對美麗均衡，好像一雙超自然一般完美的耳朵。相反的，尼古拉．果戈里[16]的五官卻有過大的問題，鼻子像怪物一樣橢圓而下垂，大到鼻尖會垂到唇上，大到有一次他半夜醒來，發現他正在吸自己的大鼻子，好

15 丹尼爾．笛福（Daniel Defoe），英國作家，《魯濱遜漂流記》作者。
16 尼古拉．果戈里（Nicolai Gogol），俄國文豪，俄國寫實主義文學奠基人。

像又回到烏克蘭乳母巨象般的懷裡。在果戈里寫的一個故事裡，他的鼻子還成為主角——它離開了果戈里的臉，在大街上散步，好像這是稀鬆平常的事。浪漫主義者都受這種詛咒所苦。看看拜倫就知道了，他童年時患有痙攣性下半身麻痺，讓他的腳扭曲變形，僵硬的腳趾看起來像鵜鶘般分岔，這就是為什麼當他做愛的時候，他不是穿著靴子，就是用床單把小腿到腳趾都包裹起來。至於創作上的應對，他跟笛福和果戈里相反。在他的作品中，他對角色的描述僅限於上半身。後兩者是在修正這個世界，拜倫是讓世界毀壞得更嚴重，你了解嗎？土魯斯－羅特列克[17]又完全不一樣了。他通常不喜歡讓人們看到他過度細瘦的雙腿和南瓜一樣的大腦袋，可是他把自己關在巴黎的妓院裡，與一群娼妓、賭徒和被梅毒侵蝕的鴉片成癮者在一起，與其暴露出他過於短小的陰莖，他更樂於展示雙腿和腦袋，也不吝於在繪畫中表現這些身體特徵。不管是侷限在妓院的歡樂地獄裡，或者揚揚自得展示於畫布上，他都賦予自己的畸形身體另一種意義，我們可以說，這種意義就是對極度醜陋的認可。雖說如此，藝術家不全是怪物？」

「丹尼爾就是這麼想。」加爾維茲又說：「我猜你是要來跟我談丹尼爾，對吧？你也知道，丹尼爾很執著於差異，他有一種需求，想要發掘一種生活方式，讓一個與眾不同的人可以修正世界，適應這個世界，並繼續活下去，或者可以當個逃亡者，斷絕和這個世界的聯繫，並毀滅自己。我們不難想像，丹尼爾的執著來自命途多舛的妹妹蘇菲亞，我想你也認識那個可憐女孩，可是這也跟丹尼爾的某種傾向大大有關，他一直覺得自己像個怪物。事實上，把毀滅當作逃離手段是一種最極端的出路，卻也是丹尼爾最有信心的一條路，這成為引導他的明燈，也造成了他的墮落。」

「對他來說，書籍是苦惱的記錄，見證了人類總是汲汲於轉化或者毀滅所有事物，只為獲取重新開始，但橫在我們眼前的也是一種矛盾的焦慮，因為書籍也負責維持傳統和傳遞文化。這就是為什麼丹尼爾喜歡最稀奇古怪的作品。如果說他欣賞任何一種傳統，那也是放縱和騷動的傳統。他重讀這些作品的時候，會逐漸陷入唐吉訶德式的幻覺中，在那個世界裡，所有事物都跟表面不同，充滿連續的扭曲、錯誤、偏執的巧合，在他看來卻是最清楚明晰。」

「你應該知道，在醫院裡，他們不斷讓丹尼爾服用鎮靜劑，他有段時間失去了

17 土魯斯—羅特列克（Toulouse-Lautrec），法國後印象派畫家。

說話的能力，對吧？我猜你不知道他母親幫他把第一批書帶進醫院，讓他開始逃離又聾又啞的衰弱狀態，他說，雖然他很專注地翻閱那些書，但若有人問他在看什麼，不管他手中拿的是哪一本書，他都只會重複說出一個故事，永遠都是同一個，令人驚訝的是，在他房裡的任何一本書中都找不到那個故事。」

「丹尼爾會說：『約在十六世紀末期，有個男孩出生於江蘇省長洲縣，他的名字叫馮夢龍。馮夢龍還很年輕的時候就成為雲遊詩人，還寫了一些非常有趣的故事，在一六二〇年左右，他將這些故事出版，名為《喻世明言》，意思是警世故事。一六三八年，馮夢龍和一個挑剔又粗魯的浪女結婚，並生了個孩子，他們在一起生活了數年，一六四〇年，馮夢龍確認他們的孩子是個跛子，終生身高都不會超過十六吋，他用一把屠羊刀殺了妻子，將她的屍體蜷臥在長洲城外一個十字路口的樹下，讓烏鴉吃掉她。馮夢龍受到他兒子命運的刺激，便在屋子裡蓋了一間長方形的房間，以竹竿支撐四角，再用栗木加強結構，牆壁是梣木和桉木的厚板，他將兒子關在那個房間裡。每隔兩年，他就讓兒子喝下從鄰村買來的藥物讓他入睡，趁這段期間拆了房間，然後重蓋，每次重蓋都會減少牆壁、壁板和天花板邊緣的高度和長度約半呎，這樣當男孩第二天醒來時，就會覺得他在一夜之間長高了半呎。馮夢龍的身高會讓孩子察覺自己其實很矮，所以他禁止兒子和他見面，將他囚禁在這個沒有窗戶，沒有門，也沒有任何開孔的房間裡，除了有個小洞能一天送兩次食物給他，還有個洞連接一個化糞池，他可以在這個洞便溺，唯有房間重蓋的時候，他的父親才可以清理那些污物。馮夢龍過世時，全江蘇沒有人知道那個孩子還活著，大家都以為這孩子跟母親一起失蹤了；那孩子被藏在他父親為他建構的個人世界裡，那時，這個房間是長寬高皆為十九吋的方盒子，幾個月後，這個盒子也成了他的棺材。』」

「奇怪的是，」加爾維茲說，一邊以後悔的眼神看向桌子，他坐在桌前的女兒和那隻標本貓頭鷹似乎形成一種厭世的徽章，「丹尼爾像機器人一樣複述那個故事，一個字也不明白。可是那個故事大略說出了丹尼爾和茱莉安娜之間不自然的關係，你不覺得嗎？丹尼爾就是那個為了取悅孩子而願意重建整個世界的父親，慘的是在這段關係裡，危險來自丹尼爾本身，他就像關在籠裡的猛獸，猛力拍擊鐵欄，表達自己的抗議，其實粉碎的卻是他們共築不到一年的幻夢，那就是——他們跟普通夫妻並無兩樣。說不上快樂，並不是，但就是一般夫妻。茱莉安娜是個遲鈍、無憂的女人，從不明白她和丹尼爾的關係無法維持。她算什麼？

不過是個沒多少想像力的畫家，報紙的插畫家，學校老師，地方商人的女兒，在城市的平庸文化中成長，沒什麼機會跟外界接觸，白紙一張，她自己知道這一點，也很滿意。凡事，她只求普普通通就好，完全放棄創造力所能帶來的瞬間刺激，只追求平凡規律的生活。她對冒險唯一的渴求，表現在追求一種既固定不變又令她安心的方法，來規劃人生的各種面向，而她的最大能力只在展現她跟女僕高下有別。有一次丹尼爾雇用了一個女僕，也叫做茱莉安娜，結果茱莉安娜決定幫那女孩改名為艾黛拉，生怕自己跟那個窮女孩有什麼共通點。你記得這件事嗎？我還記得艾黛拉，」加爾維茲繼續說：「她長得挺好看，不知道她現在怎麼樣了。你得要連續呼喚那個主人隨意給她的名字三次，她才會發現原來是在叫她。你記得她嗎？」他又問一次。

我說：「我當然記得。」而這確實是事實。很難忘懷那個露出熱忱笑容，跟客人握手時動作流暢得有如要帶領你翩翩起舞的蛇蠍美女，她眼神狡詐，尖牙銳利如吸血鬼，唇上總是搽著火紅的唇膏。我趁機問了加爾維茲有關米胡告訴我的最後一件事，那件事讓我非常困惑。

我告訴加爾維茲：「米胡說，茱莉安娜遠比我們所看到的複雜，她的身體裡鎖著兩個女人的靈魂。」

「這個嘛，」加爾維茲說：「我完全不了解米胡到底想說什麼。茱莉安娜就像片玉米餅一樣淺薄，她所想的只有安全感，而有必要的時候，她還會躍入一個比原本世界還要更自我滿足且溫和的世界。因為你也知道，她的家族是為了躲避戰爭才搬遷到城市來的，她跟那些把所有家當背在身上的悲慘農民不一樣，她的家族是從外省來的中產階級，他們在當地是地主，但在城市裡卻變得沒沒無名，和這群由移民、無名小卒、無足輕重的幽靈混在一起。我想就是因為這樣，她最想要的就是絕對的平和。只要茱莉安娜在場，丹尼爾就得控制自己（甚至壓抑到要窒息），不能表現出他那種想像力有如嘉年華狂歡滿溢的真實扭曲性格，還有他喜歡透過各種變形水晶來觀看事物的強制衝動。他決定盡力而為，但她也得適應這個遊戲。茱莉安娜適應不了的那一天，就是整個世界崩潰的那一天，而丹尼爾製造的天堂，就跟馮夢龍的故事一樣，變成了一個棺柩。」

12

「到了早上，」丹尼爾繼續說：「一個護士發現『哈克』坐在一號房的床上，雙腿曲起抵著肚子，雙臂環繞在前方，雙手環抱小腿，手指纏結，指甲破損，指尖撕裂，腳丫子併攏，臉兒側轉，脖子腫脹，嘴和雙眼張開，黑髮散在肩頭，左眼腫了個血泡，胸前有一道又長又明顯的傷口呈不規則線條直達骨盆處。蒼蠅在她額前攀爬，眼瞼上各掛著一條已乾硬的淚痕，牙齒斷裂，嘴角被放在枕頭上的剪刀切開，臉頰脹起；這個還是個年輕女孩的女人已經死了，死時的姿勢就跟她每天坐在走道上的姿勢一樣，在她身下，那條五彩布塊鋪在被子上，對摺成三角形。」

那個沒比「哈克」大幾歲的年輕男護士渾身發顫，踉蹌來到走道，翻著白眼，忘記把身後的門關上。丹尼爾是之後第一個踏進房間的人（他後來告訴警察，他是被一聲尖叫吸引而來，但那個護士不承認曾尖叫），但他馬上離開，因噁心和悲痛而全身顫動，在走道和天使面孔的老人及流鼻涕的女人撞個正著，丹尼爾倒了下來，周遭隨即擠滿一群病態又滑稽的護理人員和病人，他們發出令人不快的笑聲，不管是瘋了還是沒瘋的，神情都混雜著驚恐和愉悅。丹尼爾在那兒待了約兩個鐘頭，看著院外人士魚貫而入，他們有些人穿黑衣，有些人穿白衣，他聽到這麼一句話：流浪播遷者，這些人塞滿走道，帶著手提箱、筆記本，和一個進去時是空的，出來時載著細長物體的擔架，那是用布裹起來的「哈克」屍體，丹尼爾聽到（或者以為聽到）這句話：暗夜降臨，大地照護者為它蒙上面紗，包裹「哈克」的那塊布是綠色的，沾著血跡。他們把她永遠帶走了。

「那天傍晚，」丹尼爾說：「有兩個護士禁止我母親進入醫院，他們要她明天再來。她問：『為什麼？發生什麼事了？』『沒事。妳明天再來。』他們帶我到一間位於地下室的辦公室，把我關在那兒，房間裡有一疊紙張，上頭擺著一個頭骨，窄而高的窗戶都加了鐵條，窗戶與外頭的人行道齊高。過了好幾個小時，終於有兩個便服警察來跟我說話，一個瘦一個胖，瘦子的唇上有口瘡，胖子的手背和眉毛尾端有牛皮癬。」

「替『哈克』驗屍的法醫切開她的身體，發現裡面有一團黏稠、半腐爛的物體塞滿了她的消化道，有一部分很軟，另一部分卻很硬，胃裡也有一團圓形緊實的物質，柔軟，濕透，胰臟裡的物體已化為液體，結腸裡的則變得濃稠、黃化，無法辨識出原貌。法醫的手術刀繼續往上，切開這個還是個女孩的可憐年輕女人身體，在她暗色而柔軟的皮膚下，食道裡也塞滿更多團這類球狀物質，還都很乾燥，沒有受到消化系統影響而腐敗。那些都是紙，成千上百的紙片，有些是書背，有些是書籤，那些紙張來自許多書籍，雜亂的書卷，法醫拉出許多皺褶、粉碎的紙片，而當這位心懷罪惡感又滿是惡意的法醫將解剖刀刺入喉嚨一帶時，他發現更多仔細折疊的紙張，丹尼爾聽到，或想到這一句話，但是哪一種都沒有差別：以紙張、羊皮紙、瓦倫西亞小牛皮做的大開本，四開本書籍。」

那個因牛皮癬而雙掌變色的警察，用半嫌惡半愉悅的口氣描述了驗屍後半部。「醫生用鑷子，」丹尼爾說明：「接著用刀尖和手術刀，最後將他戴著手套的手深入她的體內，小指探進她的膽囊，發現更多紙張，那是一團開始融化的液化紙張和碎片，法醫在她的嘴裡發現一張折成兩半的紙，這是唯一完好無缺的東西。」丹尼爾聽到（或者認為自己聽到）：對他來說，這看起來就像一份文件，被永久歸檔在一個圓形且溫暖的書架裡。

「我不知道那張紙上寫了什麼，但不管究竟寫了什麼，對牛皮癬警官來說，這些細節都肯定了他的構想。」丹尼爾說：「但接下來馬上有了另一個問題。瘦子警官長著口瘡的唇露出假笑，他的嘴看起來就像鼻子下一個裂開的傷口，說：『這是你第二次幹這事了吧。』他雙腿交疊，指頭以軍隊進行曲的韻律敲著鞋底。我聽到（或者認為自己聽到）：兩隊無名戰旅在城郊會戰。接著牛皮癬警官和口瘡警官發出一連串質問：『你是唯一跟「哈克」親近的人？你們是什麼關係？你攻擊了她幾次？』」

「他的臉靠近我，聲音飄浮在空中：『你是用什麼方法威脅她聽你的？你為什麼要折磨她？』他的聲音在辦公室裡振翅飛舞，感覺就像反白字嵌在黑字裡，猶如一條細細的白光被一圈黑暗包圍住。」

「你為什麼要這麼做？」丹尼爾在這一個問句之外還聽到了另一句話，宛如黑暗隧道之內的一道白光：「胃裡的紙變得濕潤，胰臟裡的紙液化。」

「我是整座醫院裡唯一犯過殺人案的，大家都看到我跟著那女孩到處走，從早到晚，一周復一周，護士看到那可憐女孩的眼裡經常出現驚恐神色，喔，每次我一靠近她，她就恐懼得動彈不得，隨即倒在地上發出嗚咽聲，而他們說，我會認為她是假裝的，在接下來好幾個小時不停地唸著我房間書架上那些書籍的殘酷段落來折磨她，我到底唸了什麼故事？我到底強逼她什麼？警官們還說，在庭院裡主持病人談話治療的護士跟醫生都證實了我不僅頑抗，還永遠拒絕溝通，說我面對問題時只會以書裡的片段回答，說我強迫其他病人談論讓他們困擾、憂愁和發生在他們身上的事，說我每天下午都惡意破壞那個由天使臉孔的醫師、流鼻涕護士在庭院舉行的團體治療，我還能說什麼呢？」

「『你又要裝瘋嗎？』那個牛皮癬警官說：『你還要裝多久？』那個唇上有口瘡的警官笑道：『那女孩真是令人遺憾。』我是如何騙她打開房門？我說了什麼謊使她願意讓我進入房間？我強迫她張開嘴時，她是什麼感覺？我如何將紙張塞入她身體內？她花了幾個小時才慢慢死去？我的手有多深入她的身體？為什麼那個可憐女孩沒有咬我，沒有咬斷那殺死她的手指？她是什麼時候開始放棄掙扎的？我塞死她的時候，從她眼中看到了什麼？我為什麼會把剪刀留在床上？我用了多少本書去殺她？其他的書又到哪裡去了？剛開始時，我只聽到牛皮癬警官的聲音，後來又加上口瘡警官的聲音，接著到處都充滿聲音。」

從那次初見面後，古書收藏家每天傍晚離開他的書頁，踏上螺旋狀的街道，他將一本書放在面前，想要躲開湧上城市日益擁擠街道的路人和乞丐，他一直走著，走到一棟房子或旅館的門前，窗前有一株塑膠天竺葵，人群的低聲話語傳來，窗前是同一個女人，她的指甲塗成紅色，她的眼睛小如彈孔（或手術刀切開的傷口），她的手臂蒼白，她對他說，我的名字是茱莉安娜，你叫什麼名字？他試著想起自己的名字，但不確定是什麼，他奔回他的房子躲起來，蹲伏在書房中央，他的書攤開，一本疊著一本，形成一根根五呎高的柱子環繞在他身邊，猶如一群猛禽，即將俯衝下來，將他吞噬。

13

「你不覺得老是在城裡繞來繞去很膩嗎？」

「哈！這是什麼奇怪的問題。」

「奇怪？」

「這世上有誰不是如此。」

費南多．帕斯托的房子座落於死巷內，在一棟搖搖晃晃木頭房子的二樓。貓狗在前院晃來晃去，有兩群光著腳的孩子手拿塑膠槍玩耍，彎起手指假裝扣扳機，一邊玩一邊閃躲布滿油漬的水坑，和混凝土路面上因濕氣和熱氣而隆起的坑洞，這些坑洞彷彿就要碰到人行道旁一排枯萎橡膠樹的低垂枝葉。帕斯托跟一般海軍軍官不同，從未在船艦上服役過，因為他早年在服役時眼睛曾輕微損傷，再加上他對書籍和歷史異常有興趣，所以被派去一間小小的海軍博物館當管理人，這個職位需要久坐不動，且無聊到令人心煩意亂，海軍博物館就離碼頭不遠，他常常在午餐時間走到碼頭，凝望人們忙亂上下船的景象並琢磨他曾嚮往的旅程。在博物館內，身邊盡是擱淺船隻的模型，滿是彈痕依舊垂死的制服，斷裂的劍，投降的旗幟，一本本攤開的老舊航海日誌，日期永遠停留在沉船的那一頁，帕斯托棲身於這座博物館，度過安穩的十二年，而在這段期間，國家陷入一場可怕的戰亂，混亂與殘酷的程度已超越他身邊這些被凍結在骨灰甕、棺材和玻璃及塑膠瓶裡的歷史時刻，直到某天早上，他收到一份召令，要他在不久後至海軍基地的機場報到，他將要被派去紅色警戒區執行任務。

他連續想了三個晚上，決定提出退伍，但海軍判定他是叛逃，把他關入監獄六個月後才放他離開。之後，他只好靠著多年來在博物館建立的人脈做生意，開始買賣古董，進入一個非常排外也非常貪婪的圈子，在這行，人人都是朋友也都是敵人，沒多久，他已經成了「共同圈」的小股東了。

他家裡的起居室就像博物館一樣，一束微弱燈光吸住周圍的空氣，一群蚊子受到燈光引誘，一會兒飛過來，一會兒飛過去，最後停在一根潮濕腐爛的柱子上，那根柱子顯然是從某個海邊要塞偷來的，被帕斯托隨意擺在房內一角。

我第一次看到丹尼爾和茱莉安娜一起，就是在這個房間裡，四年多前的事吧。他整個人縮起來，好像有人強迫他不得開口一樣。她臉上掛著做作的笑容，假裝一切都很正常。丹尼爾的左手食指輕輕擺在茱莉安娜的大拇指和中指之間，這個不安的舉措似乎在暗示兩人都不是自由的。

帕斯托記得，之後還有許多類似這樣的夜晚，不管是在這間房子裡還是在丹尼爾家、茱莉安娜家，在這群活死人環繞下，女僕艾黛拉越來越像唯一能輕鬆愉快的活人。

「『他們搶走我的名字，可是他們搶不走我的幸福。』每次丹尼爾和茱莉安娜不在時，艾黛拉就會唱歌。」

帕斯托還記得一年後有天傍晚丹尼爾過來，他的頭髮黏附在汗濕的前額，雙手雙眼黯沉如陰鬱的深紫色，臉頰、鼻梁和嘴唇都結著一層汗水和淚水，呼息裡有酒精味，整副失魂落魄的樣子，說他做了一件殘酷的事，沒有人會原諒他。

「丹尼爾來之前五分鐘，」帕斯托用陰沉而柔和的語氣說：「茱莉安娜才剛打電話過來。她說話的音調像是在哭，她說：『費南多，丹尼爾很可能會去找你，他好像瘋了一樣，他喝了酒，腦袋變得不太正常，他還一直說些莫名其妙的話。

你知道他從不喝酒的，對吧？我不知道他到底是怎麼了。我回到家，』她繼續說：『發現他已經喝醉了，坐在浴室的地板上，藥櫃是打開的，裡頭的藥散了一地，他完全崩潰了。丹尼爾，可憐的丹尼爾，他一直在說讓人聽不懂的話，然後他站起來離開，摔下樓梯，跑了出去，他是跑出去的，沒有開車。費南多，既然你住得近，我想他很可能會去你那裡。我還要打電話給其他人，可是我真的不知道該怎麼辦。更慘的是艾黛拉不在，完全沒有人可以幫我。』

「如你所料，」帕斯托說：「幾分鐘後，丹尼爾現身了，但他的狀況比茱莉安娜形容的還要糟，他只有一腳穿鞋，另一腳沒穿襪子，且被割傷流血。他一定是一路穿越街道，從茱莉安娜家跑到我家，他可能撞上有刺鐵絲網，也可能踩到紀念碑附近那些流浪漢亂丟的玻璃瓶碎片，或者被夜間警衛的狗給咬傷了。丹尼爾在我家樓梯留下一道紅色的足跡，坐在這張沙發上，全身抽搐，像一個傷心男孩在宣洩胸中的恐懼和怒意，但拒絕說明究竟發生了什麼事。後來，」帕斯托說：「丹尼爾說了那句可怕的話，我這一輩子也不會忘記。他說：『我殺了茱莉安娜，』『我剛剛用刀子殺了她，』他說：『就是這把刀。』他說著將拳頭伸向我，手指張開，手掌攤平，但他手裡什麼都沒有，古斯塔夫，他一直盯著空空的手掌，好像在說：『這就是我犯罪的物證。』」

「我不知道該怎麼辦，」帕斯托說：「有一會兒我的腦子一片混亂，我想我也在發抖，第一個念頭就是拽住丹尼爾的脖子，把他帶到寢室，讓他躺上床，然後去茱莉安娜家，但我走了幾步之後又想，這不可能，不可能有這種事，丹尼爾沒殺她，這全是他的幻想，我剛剛才跟她講過電話。即使在茱莉安娜講完電話以後，丹尼爾又回去殺了她，然後跑到這裡，他也不可能在這麼短的時間內做到。」

「我又往回走。」帕斯托繼續說，伸出兩根手指，比出宛如切開這個房間的姿勢，讓記憶裡的場景重置眼前，那群蚊子飛離柱子，在我們頭頂上繞來繞去，宛如特技飛行。

「所以我決定打電話給茱莉安娜。電話響了好幾次，最後一聲鈴響被臥室的敲門聲蓋過，臥室門突然間打開，又關上。丹尼爾一臉驚嚇，全身浸滿酒精的氣味，噴濺的斑點血跡在他腳踝形成一塊血漬，好似穿透的骨釘，他站在門邊，直盯著我的眼睛，就在那一刻，我聽到話筒裡傳來茱莉安娜的聲音：『哈囉？是哪位？丹尼爾？費南多？』」

「丹尼爾仍然死盯著我，他的眼神穿透我的眼睛，直到茱莉安娜的聲音變得狂亂，整個房間都聽得到她的吼叫。然後丹尼爾用他空洞但沉靜的聲音，說出顯然是那個晚上唯一冷靜的一句話：『你別相信她，她是鬼。』」

「之後有好一段時間，」帕斯托說：「丹尼爾要我聆聽他的胡言亂語，他不時陷入憤怒或悲傷，不咆哮的時候，就用各種不同說法來解釋那樁不可能的犯罪。『我看到她跟別的男人在一起，』他說：『然後我在她家裡等她回來，』或是說：『我在街上跟蹤她。』或是：『我找到一些照片，然後氣得火冒三丈。』」

帕斯托說：「但是，不管每個版本的差別是什麼，他最後都會承認自己用那把刀子殺了她，還讓我看他那雙髒兮兮但空蕩蕩的手。過了幾個小時，失陷於酒精迷宮中的丹尼爾筋疲力竭，就在我的床上睡著了。」

「茱莉安娜在電話中建議我讓他休息。她說：『我們明天再來看看是不是可以找到原因。』我遵從了她的建議，第二天一早，丹尼爾醒過來，全身痠痛，似乎只記得一些昨天發生的事情。我幫他泡了幾杯咖啡，準備一些食物，但他拒絕了，他快速地沖個澡，換上我的鞋子之後舉止一變，用近乎哀傷的嘲笑口吻說著『穿著別人的鞋子』[18]的事。接著他就跟往常一樣，開始從一個話題接著一個話題，他的獨白變成百科全書式的饗宴。」

帕斯托起身穿過房間。我跟在他身後，來到面對街角空地的窗前。那兩群孩子正在空地上彎彎曲曲跑著，互相追逐，潛伏撲進，身上沒有任何記號、旗幟或標誌來識別敵我。他們一直跳來跳去，向對方吼叫威嚇警告，發出痛苦呻吟，興奮尖叫。狗兒會張大嘴靠近那群孩子，或是嗥叫跑開，躲到車輪底下。

「那天早上，」帕斯托說：「我看丹尼爾元氣恢復了，就問他前一天晚上的事情，他一句話都沒說，或許是沒認真看待我的問題。他立刻說要打個電話，我把電話交給他，聽到他打了電話。他不讓我多問，就說他得離開了，有些緊急事情得跟亞納烏瑪談談。」帕斯托看著我。「你認識亞納烏瑪，對吧？那個在文獻小徑的老人。」

「當然認識。」我回答：「金翅雀。」

「就是他。我沒聽到他們在電話上說了什麼，但也可能根本沒什麼內容。不管如何，他應該跟那天晚上的事件沒有什麼關係，但我有興趣的是前一晚究竟發生了什麼事。丹尼爾說，他正在尋找某本書，亞納烏瑪就快要找到了。我不記得書名，但我記得丹尼爾逮到機會再度岔開話題。『我想要看那本書裡的一個故事。』他說：『那個故事是說，有個人被關入監牢，只允許帶一本奇幻故事大全。在監牢度過一陣子之後，一個荒謬想法逐漸成形，他認為這些故事是預示他將來會成為什麼樣的人的關鍵。所以這個人一再重複閱讀這本書，希望找到有關他的未來密碼，他認為這些密碼象徵著自由的希望，他反覆閱讀好多次，固執且一心一意，一直到他的腦子裡已經沒有其他想法，一片空白，由那本書取而代之，那是由紙張和文字組成的資訊，編成一部恢弘壯麗的想像故事。他淹沒在失憶的浪潮中，開始覺得書頁之間隱藏著關鍵，通往他已遺忘的過去，而以前，他是個自由的人。因此他下了結論，他的責任就是讀這本書，直到他找到解決謎題的答案。』

「丹尼爾火速講完這個故事，喝完最後一滴咖啡就離開了，他向我道別，但沒再解釋什麼。十四天後，茱莉安娜真的死了。」帕斯托說：「我還是搞不清楚，我那天晚上看到的只是一個預示的幻象，還是實際發生的事，也可能是丹尼爾為了要向人求救，而在無意識中安排的誇張戲劇策略。總之，不管是我還是她都不知道該怎麼解釋後來的事。那天晚上我去找茱莉安娜，她要求我忘記那件事情，就這樣，什麼也沒多說。她一點都不想談那個話題。」

18 In someone else's shoes，英文成語，意指「設身處地」。

我問：「茱莉安娜過世以前，你還有再見到丹尼爾嗎？」

「有，我有天下午在書店見到他。」他說：「他那時正在拆開一個箱子。我想要知道亞納烏瑪是否幫他找到那本書，但丹尼爾一副不明所以的樣子，跟以往一樣只專注自己的事，用鈍刀拆開箱子的封條，那景象令我不禁全身戰慄。『我完全不知道你在講什麼，』他說：『我好幾星期都沒有跟亞納烏瑪聯絡了。』」

帕斯托陪著我走向街道，遠離角落空地爆發的戰爭喧囂。我注意到他很緊繃、悲傷，我為了要扯開話題，便問了突然想到的問題：「你覺得那些小孩是怎麼區別敵我的？」

帕斯托臉兒一皺，然後回答：「我也常常想這個問題，不過我後來知道，區別敵我是我小時候的遊戲規則，現在不一樣。現在，每個人得為了自保戰鬥。」

他說完後，從口袋拿出鑰匙，打開通往街道的大門，當我走出大門，他又說了一件事，他嘴唇噘起，一副有隻小蟲子跑進他嘴裡，正要爬上他的舌頭一樣。「米胡是不是告訴你，茱莉安娜有兩張面孔？你應該知道他是個古怪的人，如果他真的這麼說了，那表示還有些事情他沒說出口，只有他可以給你答案。他就是這種人。我並不覺得你來打探這些事情沒必要。但如果我是你，我會再去跟米胡談談。」

14

「自從『哈克』死了之後，」丹尼爾繼續說：「警察每天都來，他們盤問了所有醫生和護士。但一點用都沒有。沒有人夜裡會在走道上徘徊。醫院在晚上八點關門之後，會有兩個護理人員待在走道監視，但他們說沒聽到任何聲音，之後，牛皮癬警官和口瘡警官跟所有病人一個一個談話。他們要病人們坐在那間在一堆紙張上擺放著頭骨的辦公室內，每次談話，他們都像是被瘋人的語言帶領至石礫懸崖邊緣，每次都有獨特不同、沒有規則的符碼，有時病人好像陷入和雙手的永恆鬥爭，他們的手像風車葉片一樣晃動，頭一直轉來轉去，瞳孔內散發的光芒好似在宣告：他們腦中有完整概念，他們的語言前所未有的清晰。這兩位從一開始就認定我是凶手的警官在訪談了七、八個病人後，就發現毫無意義。」

「但這不是真的，古斯塔夫，」丹尼爾說：「你知道這不是真的。你是語言學家，也曾經和他們那樣的人工作過。你可以篩選那些不確定句子裡扭曲錯亂的地方，找到語言的模式，分析他們瘋狂錯亂下如雪崩般滾出的語句。你會試著去理解從他們的腦海裡奔出，而後滔滔不絕從嘴裡傾倒出來的病態、偏執的語言段落，這些話對其他人來說，包括我和那兩位警官，毫無意義。」

丹尼爾重複說了幾百次那天晚上發生的事：兩個護理人員就待在走道的盡頭，可能是在玩牌，或者看電視。護理人員是一男一女（他們很可能是情侶，那時候正在親熱——他們總是排在同一時間值勤）。每個病房都有一個護士，幾乎都沒上鎖，一共四十人，扣除「哈克」與丹尼爾的護士，還有三十八人，任何一個都可能悄悄進入走道，溜進離辦公室最近的一號房，想想看，他們還大可神態自若，毫不猶豫呢。晚上走道有人並不奇怪——上廁所啊，伸伸腿啊。雖然規則禁止夜晚走動，但沒有人遵守。

「這醫院的規則分兩種：一種無人遵守，另一種毫無意義，你了解嗎？」丹尼爾說著，用下巴指了指四周：「譬如，他們禁止我在房間裡使用電器，還把所有插座都封起來，他們覺得這很危險，我可能會傷害自己或其他人，可是我有一個油燈，一個攜帶式火爐，跟一個裝得滿滿的煤油罐。如果我想要的話，我可以一把火點燃這些東西，第二天這裡就會夷為平地，這時丹尼爾聽見：才剛剛熄滅的柴堆，灰燼，和木炭。」（他是這麼告訴我的）。他說：「就在此時此刻，我也可以聽到一個聲音，他們就在這裡，不過那跟這件事無關。」

丹尼爾寫下一份剩下病人的名單，共三十八人，他去掉幾個傻子和蠢蛋，以及不管在任何場合都只會重複說同一句話的人，譬如「哈克」那個可憐女人。他也剔除掉名單上幾個啞巴、瞎子、聾子和跛子，為了不浪費時間，他也把那個老是在吃同一片麵包的女性刪除了，因為她幾乎不說話，還刪掉一個從早到晚都在綁鞋帶的老人。最後，他又刪掉幾個晚上房門會被上鎖的病人，還有幾個陷入茫然狀態的病人，最後名單上只剩下三個名字。

「你要不要看一下名單，」丹尼爾說：「這三個人的房間都很靠近『哈克』，還有，你可別笑，他們都算是相當理性的人。」他接著發出粗嘎的笑聲。「我告訴你別笑，結果我自己笑了，但我能怎麼辦？這真的很荒謬。」他繼續說：「你可以跟他們對話——當然他們都是怪胚，但並不暴力。剛開始的時候，我也很難理解他們為什麼會入院。他們說話聽起來也算言之有理，但幾分鐘後，你就會發現其中的虛妄。他們的語言只受個人邏輯制約，是為了適應他們的個人世界規制而量身訂製，他們都生活在一座個人孤島，身邊沒有同伴。可是你別搞錯了，他們沒有瘋，實際上很正常，可以認知發生在周遭的事，只是表達方式獨特。你比我更清楚這種事。你能理解他們說的話；如果是由你去跟他們談，他們其中一人說了什麼，或者知道、聽到或悟到什麼，你有方法可以辨識。拜託，這就是為什麼我會找你過來。你很懂這些，這是你的工作。我擔心的是過不了多久，他們就會禁止我跟其他人接觸了。」

「若你願意幫我，」丹尼爾說：「隨便你用什麼方法都可以。我想你要問，我為什麼要刪除隔壁那棟病房裡的病人。那裡有四十個房間，共有四十個病人，都是有暴力史的危險病人，幾乎都是從監獄轉送過來治療的。可是你瞧，古斯塔夫，」他說：「我想我昨天已經告訴你了，他們沒辦法從那棟病房到這裡來，除非有人能穿越那邊的走道，經過醫院員工的更衣室和園丁宿舍，一路走到接待櫃臺，經過守衛和護士（若真做得到的話，應該每天都會有病人逃跑），然後再穿過員工餐廳，越過走道，才能到達這邊的病房，更不用說還要循著原路回去。除了鬼魂以外，我想沒人可以來去自如還不被人發現，你不覺得嗎？所以現在，請你告訴我，求求你，你願意幫我嗎？」接著他從襯衫口袋裡拿出一張折疊的紙，上頭用鉛筆寫著三個名字，邊緣寫著三個號碼。

古書收藏家唸道：有一群人踢破了侏儒家的房門：那房子裡有四根桉樹柱子，一根橫梁，還有小型家具。入侵者在房間內到處嗅聞，彎下身來搜尋地毯下面、罐子與黑水甕後面，終於找到他了，一個迷你小人，他躲在房子後頭的戶外廁所裡。他們把侏儒拖出房子，拉著他走上山丘，等確定那些人都離開以後，他的兒子從床底下出來，這個男孩雙眼距離很寬，牙齒和舌頭都是綠色的，身材和他父親一樣嬌小，不過也有可能是，在那一瞬間他的身體停止生長了。兒子沿著暴民的足跡走了很遠的路，走了一天一夜，最後足跡帶著他來到一個洞穴。在黑暗中，他找到一根手指，一個腳後跟和一個鼻子。他立刻認出這是他父親身體的部位，他花了三天收集父親的身體，重新排列組合起來，接著，他將屍體靠在洞穴入口的一塊石頭上，雙手撐著膝蓋，修復完成的侏儒屍體看起來非常巨大：有三十個脖子，六十隻眼睛，六百根手指頭。古書收藏家翻到下一頁，繼續唸另一個故事。

15

「那是什麼？」

「沒什麼。只是設計來讓交通變得更阻塞的交通號誌。」

「嗯。我想這就是法律的精神，不是嗎？」

米胡說：「你看到了嗎？古斯塔夫，你知道這是什麼嗎？」站在報社五角形辦公室一角，老人剛剛才揭開巨大木製物品上頭的捲縮頂蓋，底下東西並非如我之前的猜想，不是上世紀的桌子，也不是小型三角鋼琴，而是一個非常巨大但也很滑稽的設備，以錫筒、錫管和玻璃燈泡組成，左右各有一個旋轉把手，上蓋透明的玻璃罩，兩片以纖維纏住的金屬葉片從邊緣伸出來，中間是一個看起來像潛水艇潛望鏡的東西。米胡拉起一根約位於他膝蓋高度的桿子，錫管馬上發出一陣刺耳粗啞的呻吟，震動了一會兒之後，錫管開始以逆時鐘方向旋轉。一道傾斜的光束從中央錫筒放射出來，照亮了空氣中的塵埃，一只翅膀鍍銀的黑蛾在燈光照亮的一瞬間從燈罩上飛起，不斷振翅飛舞進出那道光束。光束在錫筒上方的兩排凹面鏡之間來回折射，米胡匆忙地跑去拉下一張放置在書架上的黃色布簾遮住牆壁；那書架擋住了辦公室內的第五扇窗（其他四扇窗都已經被遮住了）。接著，打在螢幕上的光源轉為穩定，光芒開始組成一連串的形狀，一點一滴的，變得越來越清晰，猶如將這些影像從另一個空間召喚過來。

米胡說：「一開始時，他們稱這個機器為『西洋鏡』，後來改名為『活動視鏡』。」那些影像映著他入迷的視網膜。他繼續說：「這就是為什麼這個東西最原始的版本其實很小。到了十九世紀末期，發明這玩意兒的人，一個叫做埃米爾·雷諾的法國畫家和工程師，把這東西改造成一個巨大怪異的奇妙機械，還給了一個很矛盾但很夢幻的名字：『光影的視覺劇場』。有數千人橫越西歐來看雷諾的實驗室，他們就跟進入魔術師表演帳篷內的孩子一樣，帶著震撼的興奮感，目睹雷諾自己手繪、上色的有趣矮人連續圖像，包括侏儒躺在地上、腳踩在球體或立方體上保持平衡、表演特技或雙手背在身後玩雜耍。觀眾得排隊好幾個小時等著輪流觀賞，因為最早版本的『光影的視覺劇場』只能讓一個人透過窺視孔觀看影像，就跟你眼前這個一樣。不過，你應該已經注意到了，」米胡說著，很驕傲地指了指那個豪華設備，「這台機器可以把影像投射到銀幕上。也就是說，這台機器是在一八九二年以後建造的。現在你看這個，」他轉動一個整齊捲著影片膠捲的片匣，將它置入另一個片匣內。「你現在看的是全世界最古老的電影。」

米胡辦公室牆上的銀幕出現一個戴著禮帽，大鬍子幾乎要把臉分成兩半的高胖男人，他的臉、手、衣服、影像粒子粗糙，眼神透著無聊的情緒。他的身後是一片鄉間景象，未修剪的樹叢延伸到遠方，他慢慢走著，以堅定而好奇的眼神看著我們，最後停下來，此時鏡頭停留在他的腰部以上。突然間，就像接收到信號一樣，他開始表演起低俗鬧劇的動作，做出悲喜劇般的神情和笨拙的姿勢。他的眉毛在額頭底部跳動，他僵硬、有光澤、塑膠一般的髮型猶如磨得光亮的皮革。他的嘴巴張合，但沒有發出聲音，情緒卻漲滿了歇斯底里的尖叫，整顆頭如鐘擺般晃動、旋轉，脖子卻一動也不動，讓他整個身體看來就像是用一片鐵鑄造出來的。影片接近尾聲時，米胡說：「他的名字是菲利斯．加利帕克。」

「他是個演員，喜劇演員，在法國南部和義大利及西班牙北部的街頭表演場合相當受歡迎，他常常扮演這個角色，雖說是綜合了歐洲幾位統治者的特徵，不過大部分是義大利國王暨皮德蒙王子翁貝托一世，寫實得很，毫不誇張。」米胡說這段話時，銀幕上的男子鞠躬，接著跳了幾下，雙眼盯著我們看不到的地方。

「一八九六年，」米胡繼續說：「由於在阿比西尼亞軍事策略失誤，翁貝托一世決定終止擴展他的帝國，而這一次的失敗迫使他得盜用農業資金挪為戰爭使用，這麼一來就讓數以千計的義大利貧民死於『美妙的』飢荒。在義大利北部的城鎮、諾瓦拉、亞歷山卓以及更遠的東部杜林，人們都想要朝這位君王丟石頭，翁貝托一世既不可及，就以加利帕克為目標，這位演員就是用那副白癡表情以及和國王相似的相貌來激怒群眾，大賺了一筆。」

身材高胖的男人盯著一片並不存在的天空，伸出骯髒指頭，嘴唇又開始做出那惱人不悅的吸氣呼氣動作。表示接下來要開始演說了。「發明了活動視鏡三十年來，」米胡說：「雷諾拒絕用照片做為電影原始素材。他回頭使用繪畫和雕版印刷，相信這個新媒介的價值並不在於以精密的方式複製世界，而是人的雙手灌注於複製品時產生的變形。十九世紀末期，愛迪生的放映機讓雷諾的『光影的視覺劇場』變成過時且鮮為人知的小器械，這個瀕臨破產的法國人被迫接受現實。他之後雇用了加利帕克，收集了上千張這位演員模仿翁貝托一世的表演照片。」加利帕克將頭側向一邊，眼神在我和米胡之間來回打轉。

「但是，」米胡一邊說著，一邊穿越那道光束，走到房間另一頭，「雷諾並不想將自己的『光影的視覺劇場』貶低為複製機器，他希望讓角色充滿複雜性，不只是一連串投射在牆壁上的膚淺平面影像而已。愛迪生影片裡面的人只是看起來像真人，只是隨機散布的點狀，看起來恰好像人的血肉骨頭，因為，他說，有什麼比複製還更隨意的事情？雷諾並不希望他的影片看起來像那樣，為了避免同樣情況發生，他想出了一個非比尋常的裝置。你注意看。」

我找米胡是為了問一個問題，一來就問了，米胡冗長的離題演說讓我煩躁不安起來。這老人沉迷於自己的解說中，再度跨越房間，手中拿著一個新片匣。他將片匣放入機器中。戴禮帽高胖男人的影像不見了，取而代之的是另一個影像，跟先前的男人相似得令人不舒服，他有一張閃閃發光的臉，一副困擾的神情，灰色的淚水順著臉頰滑下來。

「這就是埃米爾．雷諾，這台機器的發明者。」米胡說：「這是會動的自畫像。你仔細看就會發現，他在小心翼翼模仿加利帕克的動作，複製他的手勢姿態，但沒有做出同樣的表情。事實上，雷諾的影像就跟之前的影像是一樣的：他望著並不存在的天空，抬起疲累的手指，嘴唇形狀流露出可憐或懷舊的狂喜。這表示接下來要開始演說了。」米胡繼續說：「加利帕克模仿翁貝托一世採取的是歌舞秀風格，翁貝托只是個罪大惡極的惡棍，除了憤怒與暴力，沒有其他情緒。但雷諾的表演卻給人另一種想像，我們看到的是一個絕望而悲傷的孤獨者。他以極細微的方式來複製加利帕克的動作，表情卻是南轅北轍。現在我們來看看，若是把兩部影片重疊在一起會發生什麼事。現在這個片匣不動，我再加上剛剛那個片匣。若我們轉動滾筒、柄軸，同時播放，就可以同時投射兩個影像。就是這樣。你有沒有看到影像微粒不一樣的地方？兩個影像重疊後，其中一個影像填補另一個影像的空白，影像變得更清晰。不過同時，比例上的極小差異也給了這張新臉孔一種可怕氛圍。你了解嗎？」

米胡在說明時，螢幕上浮現出第三個臉孔，這是將兩部影片重疊在一起的產物。這張臉猶如鬼怪且毫不真實，臉部輪廓的邊緣模糊，好像沉入臉盆一樣，使人感到不安。這張臉之所以變得扭曲，似乎是出於內心掙扎，由於充滿疑惑而使得動作過度猛烈，手勢映照出的影子宛如跳舞的人偶，但也無法隱藏他內心的恐懼和魯莽，這些情緒逐漸籠罩他的臉龐。這個毫不寬容的國王是個懦夫，這個獨裁君王是個厭惡人類的小孩。他的每一個姿勢都透露出矛盾。

「雷諾這一生都沒有看到這個版本的活動視鏡大獲成功，」老人說：「可能需要一個像佛洛伊德這樣的人，才能讓大眾看出這些小小的自我矛盾人物，似乎可以無視自己的情感而兀自動作著，透過這張外顯的臉孔，有更多隱藏的臉孔等著浮現，而這個，才真的比較接近人性，比較可信。」

「很有趣，」我說：「可以回到我的問題了嗎？」

米胡停止轉動柄軸，飽含熱切與憂傷的加利帕克—雷諾的臉孔凍結在他背後的牆壁上。那隻蛾圍繞著光束翻飛。

「我已經回答你了。」老人說。「前幾天我告訴過你，茱莉安娜是兩個女人，你現在應該很清楚我在說什麼。不過你不是會落入隱喻圈套的那種人。這是你跟丹尼爾之間最大的差異。」

「可是，」我爭辯道：「這不是個隱喻。你的意思是說，在茱莉安娜的身上還隱藏著一個我所不知道的茱莉安娜，我只看到外在，也就是表象那個。」

「這個嘛，」米胡說：「用隱喻來解讀很符合你跟你的圈子，人人都有兩張臉，古斯塔夫。但我要告訴你的事情並非隱喻。丹尼爾的人生中有兩個茱莉安娜，而其中一個掌握了你所想要揭露事情的關鍵。她們兩人住在同一間屋子裡。一個茱莉安娜比另一個早十四天死亡，那個茱莉安娜就是你現在詢問的對象，另一個是丹尼爾的未婚妻。其中一個死亡，導致了另一個死亡。他同時愛上這兩個女人，單獨分開，他兩個都不愛。對丹尼爾來說，她們是同一個女人的兩個面向。他渴望擁有的女人並不存在這個世界上。若你用這種角度來看的話，就會發現他想要的是加利帕克─雷諾混合的立體影像，而不是分開來的兩張可憐的單調臉孔。」

我心中的怒意轉為困惑，又變成更巨大的怒意。我想只有像米胡這樣好逸惡勞又憤世嫉俗的老人，才會把這種重要事情當作謎題來看，當我正打算脫口說出心中想法，他突然發出一陣虛弱的咯咯笑聲，接著變成連串的打嗝與咳嗽，他又開始轉動「光影的視覺劇場」。在那道閃閃發亮的光束中，我看到米胡的臉。

他的聲音從鏗鏘作響的機器後面傳來：「這不是猜謎遊戲，古斯塔夫。你知道另一個女人是誰。你叫她艾黛拉時她都不會回應，因為那不是她的名字。你記得她嗎？茱莉安娜的女僕？那個和她同名、賣弄風情又裝模作樣的女孩，你用雇主強行幫她取的名字叫她時，她會裝作沒聽到。她是第二個茱莉安娜，也是丹尼爾的情人，他將這個情人帶入第一個情人的家裡，他很可能抱有一種幻想，認為在日光照射下，當她們站在正確位置時，兩人會融合在一起，成為他夢想中的女人。」

在一瞬間，我感覺到茱莉安娜—艾黛拉立體的身形就飄盪在空中，映著銀幕上的輪廓與米胡微弱的影像，那個難以控制，總是笑臉迎人的女孩，就像是丹尼爾和他的未婚妻宅第裡的唯一活人，後兩者卻像苦行中的靈魂一般，在那屋子裡徘徊。我回想起每當兩個女人共處一室時，丹尼爾那無言的姿態和無法理解的焦躁。除了這個想像的影像，我還看到丹尼爾朝帕斯托伸出手，讓他看殺死茱莉安娜的隱形刀子。

「丹尼爾在同一時期跟這兩個女人相遇。」米胡說：「我們認識的茱莉安娜在這報社工作，另一位的工作地點僅離這裡兩、三條街，那是一條幽暗的街道，好多年前丹尼爾第一次去，還是你帶的。應該這麼說，你可以透過牆壁的孔洞觀看她跳舞，丹尼爾想要讓她脫離苦海，但是他的好奇心勝過一切，他並沒有救助她，反倒把她帶到另一個茱莉安娜的屋子裡。接著他把那裡變成實驗室，最後，你也知道的，這實驗變成了致命的悲劇。我沒有辦法背叛丹尼爾，把其他事情都告訴你，古斯塔夫。不過，不管你是否覺得恐怖，你還是得接受這個真相，丹尼爾並不是因為嫉妒只犯了一樁命案，他犯了兩次。我已經學會接受，現在該由你去發掘一切，並且理解動機。據我所知，只有一個人能毫不內疚地告訴你發生過的一切。你去文獻小徑找亞納烏瑪。」

16

「從今天的眼光來看，它像是一個翻轉過來的巨大棺材，棺蓋掀開。尖角讓它左邊顯得比較高，就在這裡，還有一個不對稱的三角牆，前長後短。你看，建築物裡面被一塊石牆分隔成兩半，現在已經被水泥封死了，早年石牆上原有許多衛兵用的窺視孔。他們剛開始建造這棟建築時並不是要拿來當醫院。大約三百年前，這是一棟宅邸，外表看起來像方形草墩，十分威嚴，外牆塗抹葦草和灰泥，柱子上有雕刻，並繪上黃色花朵。建築物裡頭被分隔成多個大小一致的房間，像個迷宮。建造這棟房子的人是個巨富，討厭人群，猜忌一切人事物，當他看到印地安人、黑人和黑白混血兒聚集在街上時會嚇得渾身發抖，他覺得這些人越來越多，越來越粗魯無禮，所以他決定要住在和這個城市隔離的地方——當時這個地點堪稱遠離城市——指定他的房子必須鄰近山谷，蓋在一片石頭空地上，而他也確認過，他可以在這一帶鑽幾個井抽水。

「他常常一個人睡在這棟房子裡，每天晚上換一個房間，白天也只讓僕人進來。他在和眾人保持距離的安全無虞中享受靜養和安詳的生活，好幾年來都很喜愛這股苦澀的寂寞；他派遣僕人到城裡採買食物，他們會帶回城市上流階級的訊息，包括新的市長，新的街道，新的總督，還有最近出版的書籍，這位厭惡人群者可是一本也不讀，還不准它們進入家門。但過了一陣子，最可怕的訊息直接對他產生衝擊。

「有一年秋天，他站在一個房間的陽台上，確認一股不斷循環的腐敗空氣正從城市方向逐漸接近，一群七嘴八舌的居民正嗡嗡喘息靠近。不過幾年時間，山谷最高山丘的邊腳就出現城市不祥的黑影，溢出他昔日產業的邊界，往鄉村的方向移動。幸運的是，城市的擴展並沒有像爆炸時的震波一樣依照固定模式前進，而是從市中心延伸出一條很大的螺旋形街道，不斷向外推進，沿著街道冒出小鎮，十字路口延伸出小徑，直到如溢滿的水般流出，又再度向外擴展。

「你看，如果這裡是那個老人的房子（就在這裡，看見沒？），然後這邊是山谷（中央這個部位），你可以想像城市在遙遠那一頭，在這兩個空間之間，那條螺旋形道路不斷推展，每繞轉一圈，就更接近老人的房子。你了解嗎？人們沿著馬道建造一間間小屋，之後變成一片位於忙亂道路邊緣的破舊小房舍區，迅速發展出下列循環——先有了房子，接著噪音出現，然後引發混亂，成為城市可憐居民的附庸。但每次都在幾乎要入侵那位厭惡人群者位於開闊山谷的石頭空地時，道路就會轉個彎，往另一邊的山丘延伸而去，接著形成另一個環狀城鎮，離他的產業越來越近，也令他更加煩惱，卻始終在可忍受的範圍內。

「幾年之後，緩慢的擴展進程又轉回來，形成另一個環形，接著又是一個，有一天，這位厭惡人群者預見到下一波擴張，居民將會入侵他的產業，他的宅邸會陷入市街的喧囂中，於是他擬定一個計畫，要將房子改建成堡壘，他在四方形的住所周圍建造高聳的圍牆。他連續數個月監督建設工程，完全沒有踏出他的避難所一步，只是從二十個房間的窗戶探頭，指正錯誤的地方，從遠處指認尺寸和材質，從高高的三角牆上揮舞著黑檀木枴杖下指令，或是透過一樓一扇門的窺視孔輕聲說出指令和說明。當圍牆完成時，第一批渾身骯髒、滿是灰塵、沾著血和泥巴的人們就列隊站在他的圍牆前，騾車上裝滿了用來蓋新房子的木條和砂漿，後面是壯盛如軍旅、急著在舊城市與海洋之間尋找無主土地的人們。不斷延展的街道至此軋然止步，被巨大房子的城牆擋住了。由於城牆實在是前所未見的厚實，街道被迫繞道，這就是為什麼在相反方向又出現了另一個螺旋，但這條街道並沒有繼續延伸，而是變成首尾相連，猶如蜷曲盤繞的大蛇。這條街道給了這座現代城市兩個螺旋形環道，差點在這裡銜接。你過來，站在這裡，從這裡往下看。你看到了嗎？街道看起來像個8字型：兩個中心，兩個螺旋形以一個點連接在一起，這個點上的房子就是你現在所在的醫院。

「隨著獨居時間從數年變成數十年，厭惡世人者已經變成枯朽老人，但越發有錢，他要求從房子到圍牆間的土地上建造屋頂，遮擋住庭院和空地。他在初期的方形房子兩側設計了一排相同的房間，各沿著一條弧形走道延伸出去，在巨大屋簷之下有兩條橢圓形通道，猶如兩個緊緊扣在一起的環形，這兩條螺旋形道路各自抵達整個產業內唯一沒有被屋簷遮住的中央庭院，這棟可怕房子預示了這座城市將近一百年後的形狀。所以醫院才是現在這副模樣。因為這是靈光一閃，是預知，同時也是謎題。你了解我的意思嗎？沒有地圖輔助很難理解。但是這個城市和這座醫院的構圖完全一樣。而你，因為離群索居，不太可能住進城市，不過終究會住進醫院裡，你最好要知道這一點，把這件事記在腦子裡。那些住在城市裡的人完全不能理解；不可能理解。

「這個城市被分隔成兩半，就跟這座醫院一樣，住在這半城的人壓根不會去想另外半個城市長成什麼樣。你知道為什麼醫院會被分隔成兩半嗎？那個老人過世時沒有子女親戚，連同宗都沒有（他是在週六下午過世，週日早上被發現，他坐在床上，全身赤裸，只穿一雙靴子，靴子上沾著那座厚實圍牆堡壘附近的泥土），那座宅邸被教堂接收，後來又落入市政府手中，先是改為痲瘋病院，接著又改成監獄。那段期間，城市街上充斥著戰鬥、衝突和暴動。共和國建立，戰亂擴大。其中一次武裝衝突正好是兩個半城的居民，兩股勢力都由一個強人領導，為各自主張的原則（兩者只有表面差異）流血，直到兩位領導者達成協定，衝突才化為脆弱但至少短暫有效的和平停火。然而，和平從未降臨這座監獄。

「監獄中，兩方勢力仍進行著游擊戰，在遮蓋整棟建築的屋簷下進行隱密攻擊和光明正大的小規模衝突。直到有一天，市長決定要停止戰鬥，因此下令建造一道無法穿越的分隔牆。因此這整個地方被分割成兩半，被一道由花崗岩和石頭建成的圍牆橫切，地底隧道也以同樣方式隔開，因此，除非經由那扇留給守衛通過的小門之外，不管是地面上還是地面下，都沒有辦法穿越那道圍牆。自那之後，這座原本是老人宅邸後來變成監獄又變成醫院的建築一直被分隔成兩半，兩邊居民在唯一的通道往來，困在各自的螺旋裡，直到宗教赦免或死亡為止。

「所以，這裡有半世紀之久被當作監獄使用，而中間那道圍牆阻隔了西邊螺旋和東邊螺旋的居民。之後的五十年，這裡成了一座醫院，其中一個區域住的是有傳染性的病人，另一個區域住的是危險性較低的病人。染上疥瘡、流行性感冒、病毒疣、肺結核和梅毒的病人，就被放置在第一座醫院裡，讓他們在那兒等死，或是傳染給其他人。牆的另一邊住著孕婦，罹患靜脈曲張、貧血、炎症等等的病人。最近這五十年，這裡變成了精神病院。這道牆依然將裡頭的病人分成兩半。你一旦進入醫院，就知道為什麼會變成這樣了。事實上，我現在可以很快告訴你。你在醫院時可能還感覺不到差別。你注意到這間精神病院的名字嗎？它是依照建造此建築的老人命名。從監獄改成醫院的時候，有位職員因為得處理太多申報、年鑑和市政文獻，錯把這位老隱士當成慈善家，所以他建議依此替醫院重新命名，自此這名稱就固定下來了。就像公園、主要大道的名字通常都跟建國者的名字一樣。不過這一點也不重要。你過來這裡，我需要你幫忙抬起這個東西，你抓住這角，我抬起這頭，屋頂掀開了。我想可以放得遠一點，靠近你的床邊。很好。把床單移開。謝謝。喔，你別伸出去太多。

「你看，沒有屋頂遮擋，可以看清楚走道、房間和兩個庭院的構圖。當你住進這座醫院裡時，我希望你了解一點，這座將所有事物分隔成兩半的牆並非偶然出現。記住：你一定不能到另一邊去。很危險。你會記得的，對吧？你一定要記得。

「你是在想我為什麼大費周章蓋這個？為什麼費盡心思做出各種細節，不僅比例精準，還沒忘記要加上僕人出入口、長型包框窗、小衣櫃及彈簧捕鼠夾？我告訴你為什麼。因為經歷那些戰爭後，又爆發了另一場更長的戰爭。就像之前的戰爭一樣，戰事發生於城內，戰爭的聲音迴盪在這棟建築的牆壁間。戰爭結束後，這進入由謊言組成、有如化石般僵滯的和平狀態，政府下令把敵對的兩方送進這裡，一個陣營一邊，不屬兩個陣營的人則隨意送進其中一邊的病房，因而二度成為受害者。不過，醫院的人數（加害者和被害者）隨著時間逐漸減少。他們消失以後，醫院就再度開啟大門，依照修正過的分類接受來自各種背景的病人。現在的狀況是，其中一邊收容有暴力傾向的病人，另一邊是沒有暴力傾向的病人，若這些人的背景跟以前的戰爭有關，也不是重點了。來自兩個敵對勢力的戰士可能會發現自己被關在同一間病房裡，他們也了解對方是什麼人；有時他們直覺查知彼此的差異，有時，他們內心深處突然吹起一股不可理解的憤恨狂風，或者有個遙遠的聲音要他們毀了對方，雖然無法理解那是什麼意思，他們就開始互相殘殺了。一如我們所預期，關著暴力傾向病人的病房有非常嚴厲的規定，嚴厲到爭執雖少，但是殺戮仍然持續。而且，兩個老敵人並不需要真的跟對方杠上了才會發生可怕的鬥毆。那裡的每個人都是潛在殺手[19]。

「我很不願意這麼說，你做了那種事，一定會被送去那邊的醫院。我告訴你的所有事，你都要牢牢記住。所以我幫你做了這座醫院的模型；我知道你喜歡這種東西，也能讓你放鬆些。你來仔細看看，這是我為你做的。我會把它留給你研究。你要將細節牢牢記在心裡。哪些地方不可以打探，哪些地方不可以去，哪天你聽到奇怪的聲音，或者有人憤怒瞪你，想要生事，你可以去哪些地方躲起來，鎖上房門。最重要的，記得所有我告訴你的事情。不要去醫院另一邊。就算對你來說一點也不危險，也會給其他人帶來危險。」

入夜了，古書收藏家的姿態還是跟白天時一模一樣：書卷擺在地板上，研讀著木版印刷和附插圖的手稿、天象圖與地圖，以及除了地下室和閣樓外，中間什麼都沒有的建築物藍圖。古書收藏家看著設計圖，它用四根圖釘釘在牆上，地圖四個邊上是他下午就覬見過的小鯨魚、蠑螈與雙頭蛇的小像，用來裝飾「謹慎」或「警告」等圖例說明。謹慎和警告的象徵。他抓著放大鏡，手指顫抖，該是他出發踏上那條螺旋形街道，拜訪那棟房子（或旅館）的時候了。他又聽到了那個問題。我的名字是茱莉安娜，你呢？而今晚，時機正好，他可以回答這個問題了。我的名字是丹尼爾——我是個古書收藏家——他跟著她走入一個充滿迷霧和倒影的房間，他觀察著茱莉安娜的肌膚，如果曬黃、烘乾、細心切割，可以做成精緻的紙張，一滴水珠滲入另一滴水珠的聲音，蠟燭未點卻有燭光—他第一次發現世間竟有書本不曾記載的事。

19 以上的戰鬥是作者在諷刺秘魯剛獨立成立共和國時，各地區的軍事領袖互相傾軋的歷史。

17

「可是從標誌來看，三劍街是一條單行道。」

「這要看情況。」

「看什麼情況？」

「看你經過標誌時是面對哪個方向。」

距離我上次來這裡已經有二十年了，這條與螺旋形街道平行的巷弄變得更加混亂喧囂，延伸更遠，且依然被相同的書商，或是他們的孩子與孫子占據。人行道上鋪著一層灰塵、油漬和食物的殘渣，幾乎看不到底下的原樣；上方的天空比以往顯得更低沉，更具壓迫感。雲朵猶如黏黏的石油，看來幾乎呈固體狀，像是由白色羽毛和骨頭組成的巨大護身符，微微顫顫地掛在城市上空，裡頭擠滿許多飛到一半就突然死亡的鳥屍，下回下雨時就會落到街道上。從我家到這區的街景改變很大，摒棄了平淡，原本還只是搖搖欲墜的破爛小屋，如今轉變成了惡夢、折磨、仇恨、監獄。眼神疲憊的人們張口結舌站在建築物門前，呼吸急促，每次與我眼神相遇就會移開視線，不是威脅也不是懼怕，只是在懷疑，好像擔心我會偷走密碼，侵入他們的生活。分隔島上的小販則熱情友善，攻勢不斷。

亞納烏瑪也變得像是另一個人。經過二十年歲月，這個看來滑稽的高大男人變得像木乃伊；頭上一小塊黑髮如今變成一束裂開的線條，而以往他在攤位前的桌子擺頭骨，如今變成用椰子殼雕刻的歌德胸像。這幾年來我見過這個人幾次，卻從沒注意到他竟然衰頹得如此嚴重。這條街上唯一沒變的東西是那些從各處冒出來擋在行人面前、由書堆聚成的金字塔、倉庫、高山和廊柱。亞納烏瑪的聲音聽來猶如英國低音號，手指發黑的手掌配合著說話韻律敲打著。

「丹尼爾以前一週會來這裡三、四、五次，」亞納烏瑪說：「多年來，他都在這兒搜刮書架和書堆，異常注意一些細節，好像要審查這裡的每一本書。我會看著他到處搜索，注視他那明亮的眼睛如何突然從書架移開，在陌生人經過他身邊時瞳孔張大，他有時候會突然望著別人，好像等待對方和他打招呼，或期待讓他加入行內人才知情的笑話，友善的閒聊，還有在這種地方常見的八卦話題。」

「就這樣我們成了朋友，」亞納烏瑪說：「因為，就像你一樣，古斯塔夫，我也得以接近他的孤寂，並允許他接近我的孤寂；也因為我們很快就了解彼此都很執迷歷史，我們會當場瞎掰故事打發時間，也深知這些故事的價值並不在於它們的文獻出處或是正確性，而是在於它們的寓言能力，在於需要解開多少環節，才能將它們變成前後相關，你我皆能懂的訊息。在我們之間沒有沉默不語這回事。」

亞瑪烏納說：「病態吧。嗯？」

我遲疑了幾秒，確定這是個問句，才回答：「對，也不對。有很多人都有說話的衝動，可是僅有少數人是病態。」我開始覺得我的回答很荒謬，可是卻停不下來。「這是輕躁狂的特徵之一，比較奇怪的是輕躁狂是抑鬱症的一種症狀，但是又跟純粹的幸福感非常相似。」

「所以我們應該就是輕躁狂了吧。」亞納烏瑪說：「因為每次我跟丹尼爾說話時，都搞不清楚我究竟是傷心還是開心。」

我問他：「你知道我想要跟你談什麼，對吧？」

亞納烏瑪回答：「我想我知道，可是我希望你可以說得更清楚一點。」

我向他概略說明了我和米胡的對話。他聽完之後沉默了幾秒，其間四個指頭極有韻律地敲擊他的大拇指。

「他是不是告訴你，當他發現丹尼爾殺了兩個人，他覺得很震驚？」亞納烏瑪微笑道：「我該說，米胡並不是會因為這種事情嚇到的人。」

我問：「你是什麼意思？」

「沒什麼意思。」亞納烏瑪說，一邊揚起他的粗眉毛，睜大眼睛，表示他說的都是真的。「丹尼爾殺了兩個女人，我在事情發生之時就知道了，他的幾位合夥人也知道，跟我一樣閉口不談。現在他們慢慢把你推到我這兒來，所以我想我的任務就是向你說明這事件的黑暗面。他們就是這種人。他們總是可以找到一些檯面下的朋友，像僕人一樣幫他們清理骯髒事。明白了嗎。你知道一半的故事：丹尼爾在《真理報》遇見茱莉安娜，很快就訂婚了，剛開始丹尼爾很開心，可是隨著時間過去，他越來越困惑，因為他發現若要取悅茱莉安娜，就得要放棄自己的孤獨，跟人社交往來，跟自己完全不一樣的人聊些瑣碎事，他這輩子都沒這麼多朋友，他還跟他父親起了衝突，因為他父親不覺得茱莉安娜配得上自己有錢又聰慧的兒子，他同時也不想太過刺激母親，因為她想到過著隱士生活、從未交過女朋友的兒子就要結婚了，不禁興奮得全身發抖。」

我有些不耐煩地打斷亞納烏瑪的話，告訴他我知道這些事情。

「現在你也從米胡那兒知道，」他說：「丹尼爾試著在表面上維持這段關係，但又逐漸陷入一種荒唐的誘惑中，我有說錯嗎？你也知道這為什麼是一種誘惑。讓我告訴你這一切是怎麼開始的。他的合夥人之一帕斯托開始讓丹尼爾相信，每對伴侶都不可避免這種單調乏味，自古以來皆如此，他需要的只是來一點樂子，而不是離開茱莉安娜，他可以藉由另一段平行關係來填補原先關係的不足，這段關係將充滿風險、自由、不受壓制。感覺已經麻痺了的丹尼爾可能是不知不覺，也可能是有意相信，開始去尋找他缺乏的東西，但並不知道那是什麼。這成為帕斯托的任務，帶著丹尼爾去單身酒吧、俱樂部和夜店。而不管他們去到哪裡，就算地方再糟糕——帕斯托跟我說過的那些事情，真是天啊！——丹尼爾都會以知識分子的嚴謹態度來粉飾緊張。你知道我在說什麼吧。他走進充斥著廉價香水、酒精、消毒液氣味的場所時，就像他進入大學圖書館一樣嚴肅，而他看著在吧台的女人、在舞池裡跳舞的女人、靠著柱子的女人、縮在角落裡不露臉，雙腳和別人纏在一起的女人、望著自己鏡中影像的女人、兩個抱在一起發出驚人笑聲或是說著悄悄話的女人，這些女體對丹尼爾來說就像文獻記錄一樣，他會坐在塑膠皮製沙發上，透過紅色燈罩和氤氳光影，雙眼看起來昏昏欲睡，他就在那兒等著女人過來找他。接著他會跟她們談一些不切實際的話題，他使用的語言對她們來說滑稽可笑，當他決定要碰觸她們時，他會將一根手指放在女孩的咽喉上，接著迅速向下滑，好似要將她切成兩半，也像在瀏覽百科全書的索引。之後，酒精影響他的腦袋時，他又會開始回到說故事的老習慣。當他像滑下沙礫斜坡般深入那些故事，狂喜入神時，女人們就跟其他人一樣把他當成怪人，留他獨自在那兒自言自語，任由他把莫名的興奮以及無法掌握的拘謹慾望轉換成文字，好像藉由豎立起一座故事組成的圍牆隔絕自己和其餘普通人。

「不管如何，」亞納烏瑪說：「帕斯托不斷帶丹尼爾去這些令人不悅的霉臭小宮殿，直到丹尼爾也成為常客。帕斯托的大腿上也換過一個又一個女孩，她們有些呆板，有些喧鬧，有的是失去父母的青少女，有的是貧窮學生，有的是迷失在都會生活中的鄉下女孩，有的是整晚都在打瞌睡，驚醒無數次，早上起床後還要做飯，幫小孩洗澡，接著去銀行或商店排隊的單身母親。這些女人到了晚上，會換上有如女吸血鬼的手製衣裳，加入夜店的朦朧嘉年華，卻發現一個孤獨的男人坐在角落的椅子上，這個小男人會突然開始嘮叨一些聽不懂的話語，她們起初來到他身邊時會露出一臉著迷的模樣，接著又用手勢向其他人說明這個人是個瘋子，叫別人過來取代她的位子。每次都會有另一個人出現，坐在丹尼爾身邊，用手掌撫摸他的脖子，用咬過的手指梳理他的頭髮，滑下他的背脊，如此反覆，一成不變，近乎可悲，直到有天晚上有個女孩接近丹尼爾卻沒做例行儀式。當她要丹尼爾把故事繼續說下去時，丹尼爾驚訝得不得了——『我喜歡聽你說。』——丹尼爾讓她更貼近自己一些——『我已經站了一整晚，而且兩天沒睡了，所以你再跟我說一個故事。』——她的睫毛膏塗得雜亂厚重，唇上的紫羅蘭色唇膏乾燥皸裂，粗眉下的雙眼是綠棕色，指甲剝離，滲著血絲，穿著藍綠色迷你裙和鞋子，上身是透明的黑色罩衫，上頭綴著亮片，每當她移動的時候，沙發上就會沾上一些剝落的亮片。『你再跟我說一個故事。』——她從來沒有像這樣跟別人交談過——『我也會告訴你我的故事。我已經很久沒跟別人說了，如果你想要的話，我們可以離開這裡，去舒服一點的地方，你只是想要說說話也沒關係。』丹尼爾已經很久沒有跟別人說過話了。

「那個女孩就是另一個茱莉安娜。剛開始時丹尼爾不知道她的名字——在那裡沒有人會用本名，說出真名就好像暴露了真實的自己，男人不再是情場老手，女人不再是風流女郎，只是普通的寂寞男人和娼妓。他開始一點一滴了解那個女人，他先是在那兒花錢，接著打電話給她，約她晚上在旅館見面，這些旅館大多位於城市古老窄小的廣場邊，建築物高眺而細長，外牆磁磚因經年受到炎熱太陽和含鹽分空氣的侵蝕而石灰化，街角總是有間快倒店的餐廳散發出令人腦袋昏沉的氣味，而每天晚上，如破碎水晶般的霧氣自海岸邊滾滾流入市中心。一天晚上，另一個茱莉安娜應該是這麼對丹尼爾說的：『這一次換我了。我要告訴你我的故事。』」亞納烏瑪盯著夾板桌上的歌德胸像，一邊鼓張著鼻翼，好似想從站在攤位前的人們當中嗅聞出一絲動物的氣息，他接著說：「這故事是茱莉安娜告訴丹尼爾，丹尼爾告訴帕斯托，帕斯托再告訴我，所以我不知道我的版本跟原先的故事有多少差異。」亞納烏瑪垂下眼，開始去咬小指邊緣的肉刺，他的聲音有如喝醉酒，唾液堆積在舌頭和上顎之間，他將半根手指塞進嘴裡，一邊說一邊咬。「有天晚上那個女孩這麼說：『這一次換我了。我要告訴你我的故事。』」

「她和丹尼爾找到一個位於一座小廣場東邊，顏色黯淡的旅館，就在圖書館後頭，有二十幾間小但乾淨的房間：一張雙人床，床頭櫃裡擺著一本聖經和電話簿，還有一個電視遙控器，但房間裡已經沒有電視了。丹尼爾親吻女孩雙腿之間的部位，用舌尖濕潤她的乳頭，在這個身體上重複著他從自己未婚妻身體上學來的動作。雖然他和第一個茱莉安娜，亦即他的未婚妻，在他為她租的房子那張大床上相擁時，他也會感受到血脈如雷賁張，渴望延長性愛帶來的快感，也是為了逃避做愛後淹沒他的空虛感。他躺在旅館硬邦邦、凹凸不平的床上擁抱新的茱莉安娜時，丹尼爾也被慾望驅使，想要永遠沉溺在歡愉中，但是他也很急促，渴望快點結束，好把茱莉安娜擁在懷中，解開她綁在耳後的黑髮，告訴她一些故事，雖然最後變成是他在聆聽她說話。」據亞納烏瑪，那次那女孩是這麼說的：「我要告訴你我的故事。」

「在那一模一樣的旅館房間裡，她全身赤裸仰躺著，用手肘撐起身體，雙手撫弄著頸子附近，丹尼爾蜷縮在一對枕頭邊，專注地等待著。她對他說：『我來自一個很小的城鎮，離這裡相當遠。』她的父母親是農夫，雖然不算太窮，但無論如何也是窮人，丹尼爾吻了吻她那雙長著硬肉刺、磨損的乾燥手掌。她繼續說：『我出生的時候，我母親已經超過四十歲了。』她父親甚至年紀更大，不過身強體壯，除了耕種自己的田地外還兼了很多不同的差事。她說：『他會先去鄰鎮買米和牛奶，在回途沿路的鎮區販賣，這一趟路要花上兩天時間，驢子背上馱著米袋和牛奶桶，我的一個兄弟會去幫忙，他還會幫我的外婆帶回美人蕉的根；我外婆是鎮上年紀最大的人，我們那裡的人通常活不到老。』丹尼爾將他的大腿疊在她的大腿上，兩人面對面，她寬大的臉上有雙隨著燈光而變換顏色的眼睛，他繼續聽她說。『我家裡有六個孩子，但其中兩個得了傷寒過世了。我們花了兩天在家裡翻箱倒櫃，搜遍家畜的皮毛，找出虱子以避免感染，沒找到——兩個死了。』她說：『那一次我母親也差點病死了。但想到未來還有更多磨難等著她，不禁覺得在當時死去搞不好還比較好。』丹尼爾閉上眼睛，將四根手指插入她的左手臂和身體側邊之間，確認手指完美吻合她的凹凸肋骨形成的溝，他一直將手放在那兒，牢牢地抓著，確認她確實存在，他所聽到的聲音並非沒有實體。他傾聽著，感覺故事經由耳鼻侵入，他的身體暖和起來，他保持安靜，專注聆聽。『這就是為什麼，戰爭爆發的時候我家裡只剩四個兄弟姊妹。』她的聲音說：『唯一的男孩十四歲，其餘三個女孩中我年紀最小，當時八歲，當軍隊占領城鎮時，我爸媽還有外婆都還在，現在想來，好像是假的一樣。』

「『戰爭前幾個月，鎮上就開始傳著鄰近村人說的故事，鬼魂啦，無頭屍體啦，還有冬日入夜後就開始身體脹大的鬼，出現在播種的農地裡，牧場的水塘裡，越來越多，他們會突然形成一個巨大的環形，圍繞著房子，整齊劃一，單調地反覆誦唱同一句話。不大肆屠殺，絕不離開。他們用小斧頭或大砍刀把人們切得稀巴爛，砍下他們的手臂，或是把嘴角切開至臉頰，這麼一來，一張像皮涅塔娃娃的笑臉就會停滯在死人臉上。我們沒見過鬼魂，但聽過那些從鬼域城鎮逃得一命的人說過，它們幾乎都是一臉嚇壞的孩子，或是身上的劃傷、切傷和抓傷仍殘留著血痂，雙手和雙腳有燒傷的老女人。有很長一段時間，戰爭對我們來說就是這樣：謠言，人變成了野獸，老女人和孤兒重複訴說的故事，城鎮毀滅，墳場被屍體填滿，神父在彌撒舉行到一半時被射殺，女人被關在兵營內，被全營士兵強暴。若你想聽的話，這些故事我等一下會告訴你。』丹尼爾的手滑向她的額頭，並說，是的，我想聽，而她繼續說下去。

「『我們聽著那些故事，好像那是發生在遙遠世界的片段，』她說：『它們就像發生在附近的爆炸，塵屑隨風飄到我們的城鎮，如雨落下。突然間一切改變了。有天晚上，一個男孩拽著他的狗的耳朵來到大街上。那隻狗宛如披著一層血衣，肚子中央開了一個圓洞。牠看起來像一團毛與皮掛在肋骨上，四肢虛軟跛行。雖然頭部仍完好無缺，看起來不太像狗，比較像是什麼東西裝扮成狗的樣子。然而，牠體內虛弱的內臟還在跳動著。他們把那狗當顆南瓜一樣切開，趨前觀看的人說，狗的胃裡有兩顆人的心臟。那男孩拽著狗的耳朵沿著大街走，一直走到城鎮中央，正好是我家的前面，他的鼻子下有道白色痕跡，頭髮是土黃色，嘴唇因為挨了鞭子而見血綻裂。他喃喃說些沒人懂的話。我爸媽要他放開狗，讓他進屋來，用濕布擦拭他那結了一層硬泥巴，滿是淚水的臉和眼睛。狗就被留在外頭地上。』」亞納烏瑪一邊玩弄著歌德胸像，一邊不時地抬眼，確認我是否還在。他的聲音汩汩流出，潮濕而乏味，如溪流底下的暗湧。

「丹尼爾聆聽，注意力卻搖擺在故事和俯臥女孩的暗色肌膚之間。女孩說：『那狗已經是破布一塊，活像被丟棄在火爐邊焦黑木塊和撥火鉗之間的玩偶，我外婆星期天都是用那火爐烤美人蕉餅乾，賣給從鄰鎮參加彌撒回來的人。過了一會兒，那男孩走出去，慢慢走，再度抓住狗的耳朵，不斷重複唸著無人能理解的話語。他留在那兒好幾個小時。我父親從田裡回來，聽大家說了之後，走向那個男孩，再度要他放開那隻狗。男孩毫不抵抗地遵從了。我父親把狗抱起來，放在火爐上，兩根手指伸進牠胃裡的洞，確認大家告訴他的是不是真的——胃裡真的有兩個人類的心臟。他看著大家，像在說：「現在我們要怎麼處理這事？」你會怎麼處理這種事情？幾分鐘之後，軍隊就來了。

「『他們沿著那男孩走過的道路前來。總共有十二個人。那天下午並不冷，但他們將外套領子豎起至鼻端，臉上戴著面罩。因為這樣，他們遠遠看來就像十個被釘在山坡上的十字架。他們慢慢走下最近因為乾旱而滿布乾枯薊草、毛刺和枯死樹幹的貧瘠山丘，無言地接近城鎮，當他們靠近時，我們才看到驢子上有兩具軟綿綿的屍體，手臂無力垂下，好像要抓住路邊生長的野花。當他們來到城鎮入口前的平地，其中一人離隊來到我們面前，手臂上掛著一把來福槍，槍口朝下，另一手拿著長長的屠刀。他走向我父親，暴躁地問：「那是什麼東西？」他用眼神示意那隻倒在火爐上的狗。「沒什麼，」我父親說：「有個男孩不知道從哪裡帶來的死狗。」那個人抓住那隻狗，手伸進狗肚子的洞裡，接著彎身嘔吐起來。羊群受到驚嚇，朝成排房舍跑去。男人走回到驢子旁，解開綁住兩具屍體的繩子；屍體分別倒在驢子兩側的水溝邊緣，濕了，我外婆、母親、哥哥、妹妹、鄰人們就站在一旁觀看。接著他抓住一具屍體的腳，在兩個不發一語、行動有如幽魂、臉上深刻著驚訝與絕望表情的士兵協助下，將這具屍體與另一具屍體並排在一起。兩具屍體仰躺著，胸前和腹部凝結著黑色和棕色的塵土，根本就是兩頭由半陶土製成的泥塑豬。他們的心臟部位有兩個深洞，好像裂開的頭骨。兩具布滿塵土的破碎骨架，黃色的皮膚包裹在軍裝底下。那男人伸出手，彷彿在強調那兩具屍體有多悲慘。他沒有看著我父親，只是用刺耳粗嘎的喊叫聲問道：「難道你要告訴我，這也沒什麼？」他宛如被附身了一樣，快步走向火爐，像抱著自己死去孩子的屍體一樣抱住那隻狗，滾滾淚水流下臉頰。他走向那兩具屍體，手伸入狗的體內，一個接一個地拿出有如骯髒草葉團子的心臟，他一邊噁心得喘氣，一邊將兩個心臟塞回屍體內。其餘士兵轉過身去，不想看那場面。』

「女孩說：『那天下午，那個軍官一刀砍斷我父親的咽喉，其他軍人也用同樣方式殺了鎮上的男人，甚至連小男孩都不放過，包括我的兄弟和帶著狗的男孩。他們讓女人哀泣了一會兒之後，就強迫她們在離城鎮約一千呎遠的地方挖一個很深的壕溝。他們將屍體丟進壕溝後，就對著寡婦們開槍，接著是女兒、孫女，接著也將這些屍體丟進壕溝。我母親是最後一個被殺的；他們把我從我母親懷裡硬拉開來。我看著她被丟入壕溝內，額頭上有個大洞。他們只讓我和另一個女孩活著，我也不知道為什麼。他們想要強暴我們，但我們都太小了，很難進入我們體內，只留下深深淺淺的擦傷、刮傷、咬傷、割傷，尖銳指甲和飢渴爪子的印記。

幾個小時後，他們離開了，帶走一群山羊，手臂下夾著六隻母雞，沒有討論是不是該帶我們走還是殺了我們，就這樣離開。其中一個士兵對我說：「妳哭什麼？」我們被扔在死寂的村裡，只有兩隻豬跟一隻受傷的公雞陪伴。這就是我的個人史的第一天。』

「『我和另一個女孩那天晚上就待在我家裡，兩人都嚇壞了，一句話都說不出來，我們沒有看對方，也沒有對話。第二天，我們都知道得帶著剩下的動物往山丘後的另一個城鎮前進。那天太陽冷冰冰的。路上的花朵看起來宛如綠色和黃色的結晶體，風吹拂過山腳下的草地。我記得最清楚的是：我們不知道如何跟鄰鎮的人解釋我們的遭遇。之後，我也搞不清楚在路過的城鎮待了多久，又經過多少城鎮。除了讓我們居留幾天，賞點殘羹剩菜，讓我們睡在雞舍旁的穀倉，或是風太強就會被吹倒的破屋以外，沒有人願意收留、照顧我們。在一個比較大的城鎮裡，另一個女孩想辦法找到能提供住宿的工作，代價是幫忙洗衣服，打掃黏在地板上和牆壁上的頑強灰塵，用她所知道的少數方法——炸、烤、煮——去準備餐點。』丹尼爾撫摸她豐厚的黑髮，女孩繼續說：『我還是到處流浪，在貧瘠鄰鎮的陋屋區找工作，在骯髒的街道和無燈的廣場徘徊，在那裡，中午才過半就日落了，風兒捲起垃圾與碎石的氣味，吹向巷弄內的野草，讓空氣中原本就充斥的狗尿臊味和驢子毛皮臭氣更重。我不知道我過這種生活多久，可能有數年吧，我靠著某些店家老闆不耐煩的善心以及路人發牢騷的同情過活，或者到鎮上唯一一家客棧找客人吃剩的飯包和剩菜。直到有一天，一輛軍用卡車經過，把獨自在街上漫無目的遊蕩的男孩女孩帶上車，送進一間專門收容戰爭孤兒的庇護所。我待在那個庇護所三年又三個月，一天天數著日子，我和那些被一群軍人留給另一群軍人的小怪物們一起生活，居住在這個收容畜生的噁膩堡壘內，四周圍繞著滿臉口水、鼻涕和眼淚的髒鬼。我們在這裡學習認字、寫字、背誦英雄的名字、國家的區域名稱、祖國的象徵、誦念冗長的軍隊勝利祈禱文，每天晚上禱告我軍獲得勝利，敵軍死無葬身之地。一個天色如泥濘般沉灰的下午，有輛載著廚房用乾貨的卡車來到庇護所，一個小個子的黑臉軍人同情我的苦楚，要我幫他做了很久的口交，才叫我躲在車子後頭，如果我被人發現了也跟他無關。我坐上顛簸的卡車，經過兩天兩夜終於抵達城市。我對這城市的第一個記憶就是那條像大蛇一樣盤繞、首尾相連的螺旋形大道，以及尖叫如惡魔、怒吼如戰火、轟然如野獸咆哮的汽車聲，以及街上人們臉上激動的神情，我的第一印象就是這裡比戰火肆虐的世界還糟。這個城市就是這副模樣。從那之後我就待在這裡了，我一無所有，沒有學歷，沒有人願意傾聽我的故事，沒有親戚，什麼都沒有，除了我的名字，這張臉，還有這具身體。我知道該怎麼走路，睡覺和記憶。我知道該怎麼流汗，大叫和咳嗽。我知道該怎麼清理指甲，會用兩種語言禱告，知道要用石頭打死黃鼠狼。我知道該怎麼做我對那個軍人做的事，也學會了該怎麼用我的腿和手來做其他事，到了十六歲時，我在一個紅燈區的噁心沙龍當舞者，十七歲的時候我有了固定的熟客——一群臉上有粉刺的老人，還有希望第一次是跟無名女子做的好色小伙子——十八歲時，「日本小姐」帶我到她的酒吧，我變成現在這個樣子，變成你現在雙手抱住的女人。』

「這就是那女孩說的故事。」亞納烏瑪扭曲著臉繼續說：「丹尼爾聆聽這個故事的心情就跟你此刻一樣，古斯塔夫，覺得耳朵髒污了，眼裡是同情也是懊悔。」

我問：「接下來發生什麼事？」

「你已經知道了。丹尼爾愛上她，想要帶她離開那座充斥著腐肉、大腿、折疊鈔票的迷宮，但同時，可能是因為他發現她的真名是茱莉安娜，他覺得看到了命運的徵兆，興起愚蠢又膽大妄為的念頭，讓她跟另一個茱莉安娜——他的未婚妻——住在同一棟屋簷下，後者替那女孩改名為艾黛拉，把她當女僕使喚，完全不知道他們真正的關係，或者睜一隻眼閉一隻眼，讓丹尼爾得以執行讓那兩人同住一屋簷下的可惡實驗。一年之後，就像米胡跟你說的，那兩個人都死了，先是那個女孩，兩星期後，輪到大家都認識的茱莉安娜。」

我問：「他為什麼要殺她們？」

亞納烏瑪說：「這我只能猜測了。很可能那女孩無法完全拋開過去那種營生的習性，丹尼爾妒火衝腦而後情殺。也可能是更明顯的理由，她不願屈膝為僕，想要離開。也可能是丹尼爾無法忍受分手，決心讓它的機會變成零。也有可能是另一個茱莉安娜發現實情，他必須除掉那女孩。也有可能這原本就是自然的發展，弄到同一個屋簷下跟殺掉她是無法分割的兩件犯罪，要到那個女孩死了，整個過程才算完成。除此之外，我也不知道為什麼。」

敘述的時候，亞納烏瑪一直都在玩弄擺在合成木板小櫃子上的歌德胸像。隔壁攤位的商人已經開始把商品收進來。他們收起防水塑膠布，漫不經心將書收入木箱，或隨意丟進瓦楞紙箱，聊著晚上或明天早上有沒有什麼計畫。

離我們最近的書販是個高大健壯的小伙子，臉上有粉色痘瘡。他肩膀上扛著一堆用布塊包裹的書籍，經過我們旁邊時，他對亞納烏瑪說：「明天見，金翅雀。」他看了我一眼，眉毛先是垂下，接著又有些不情願地揚起，表示道別。一層稀薄霧氣籠罩著街道上的分隔島，滾過街道兩側的餐館。這個短暫的書市很快就解散了，原地只剩荒蕪的城市另一面，沒那麼具體，也不會令人喘不過氣，只有骯髒的銅綠爬滿牆，猶如血脈。

亞納烏瑪又再說一次：「除此之外，我什麼也不知道。」他抬起腳，拉開裝了鑰匙與鎖的小櫃子抽屜，開始小心翼翼將書擺進木箱和保險櫃內。我了解他的意思，跟他道別，沒再多問。我穿越街道，還得避開一群穿著破爛衣服、在大街上表演特技與軟骨術、阻礙了交通的小丑。我走近街角時，有個人拉住我的手肘，扯了一下，我回頭看，在我面前是一張麻子臉。是那個幾分鐘前才跟我道別的健壯小伙子。

「金翅雀只講了不到一半的實話。」

我一時間不知如何回應，一方面是事情關己，一方面是因為擠滿街道的商販和路人發出模糊卻巨大的嘈雜聲響。

「金翅雀其實知道更多。」那個人重複說道，一邊踢開一隻想攀上他的腿的狗。他說：「這個故事，我也略知一二。若你有興趣的話，我可以告訴你。沿著同一條十字路口，過了七條街後有一間酒吧叫做『小宇宙』。你知道那間酒吧嗎？晚上十點去那間酒吧，我會告訴你我知道的事情。」

18

丹尼爾是對的。那天下午，我回到醫院想要再跟丹尼爾談談，接待櫃臺的祕書要我等一下，身影便消失在走道，一分鐘之後她回來，臉上掛著怯懦的笑容說：「先生，今天你沒辦法見他；請你明天再過來看看吧。」當我要求跟能解釋禁見原因的人談談時，那女人沒帶我去見醫生，只是讓一個雜工帶我到一間狹小、充滿污濁空氣的辦公室，要到這辦公室得要走下餐廳旁的樓梯，接著沿著一條筆直的走廊繼續走，走廊很長，讓我覺得這是有人花上多年時間偷偷挖出來的祕密通道，而我正藉此逃生。當我進入那個有殺蟲劑味，雜亂無章的房間時，往上看到牆上有三扇裝了鐵條的小窗，透過窗外的光線，我看到外頭街上行人的腳和腿。窗外的日光也襯托著室內更加陰暗，讓辦公室裡的物品顯得棕黃朦朧。一點一滴地，我認出桌上有幾疊紙張，還有在房間對面角落裡站著兩個人的身影。

我明白這個就是丹尼爾曾跟我說過的房間，這就是他被偵訊的地方。我的雙眼近乎直覺地開始尋找那個頭骨，至少我第一眼沒找到。

其中一個身影說：「我的名字是維卡里歐。維卡里歐警長。我很遺憾通知你，你今天下午沒辦法跟你朋友會面了。」

我回答：「這件事其實沒有那麼重要。」

「喔，不重要？所以呢？」

我說：「不重要，我只是要確定丹尼爾很好，看他是不是需要什麼。」

「除了律師以外？」維卡里歐回道，同時抬起手抓他的臉：「或者你是律師？」

我說：「我不是律師。」他露出很曖昧的神情，好像他在毛孔裡發現了一隻虱子，想到要把虱子拉出來，他又開心又嫌惡。

另一個人就站在他身後不遠處，沒看我們，似乎在挖鼻孔。

「所以，如果你不是律師，你是幹什麼的？」

「我是幹什麼的？」

「對，你是幹什麼的？」

我說：「我是個語言學家。」

「語言學家？」

「心理語言學家。」

「『心理』語言學家。」

「是的，跟語言問題有關的。」

「啊，語言問題。」他重複說道，發出不帶笑意的咯咯笑聲。

我看到另一個人的肩膀在顫抖，仍然沒看著我們，卻在無聲地笑。

維卡里歐問：「你能解決問題嗎？」

我說：「我研究問題。」

「只研究不解決？」

「有時候可以。」

人行道上的腳步聲猶如手指不耐煩敲打著。

他問：「你的朋友有什麼樣的語言問題？」

「沒有，跟語言沒關係。」

「可是你想知道他好不好，想知道他是不是需要什麼，對吧？」

我說：「沒錯。」

「他為什麼會不好？」

「不是，不是這樣的。」我回答：「這件事沒有那麼重要。」

維卡里歐問：「我了解了。還有什麼事需要我幫忙的？」他踏前一步，進入上方窗戶撒下的方形光瀑中。另一個人則走往反方向，身影融入陰影裡。

我說是的，我想要見三個病人，接著從口袋掏出丹尼爾給我的那張名單，攤開來，大聲唸出名字。警長伸出手，又踏前幾步，抓住這張紙，一直到他靠近了，我才注意到他手上的斑跡，手指間有一些牛皮癬白色斑點，而且有些脫皮。

維卡里歐問：「你為什麼想要跟這些瘋子說話？」他的身形跟我差不多，不胖也不瘦（丹尼爾曾說是一個胖警官跟一個瘦警官）。他頭頂上一叢叢黑白參半的頭髮分成幾束油膩的塊狀，圈住他的臉孔，雙眼之間跟太陽穴附近還有兩塊很大的粉色斑痕，就像長了疥瘡的貓一樣。（丹尼爾叫他牛皮癬警官。）

我向他解釋我朋友的要求。

「你瞧，」他說：「我不覺得你跟那幾個瘋子說話能有什麼發現，不過除了浪累時間以外，你也沒有什麼損失。不管怎麼樣，這可能還算有趣，既然我這幾天的主要任務就是殺時間，我會讓你去跟他們談談，但我必須在場。」

我用下巴指了指那個站在陰影裡的男人，說：「你跟你的搭檔若想要監督我的訪談，我沒有任何意見。」

維卡里歐拉了拉他們兩人之間一條從天花板垂下的生鏽鐵鍊，室內瞬間被蒼白的日光燈照亮。

「我沒有搭檔。」警長說：「而且你相信我，我懷疑你跟名單上那些人談話能不能稱得上是『訪談』。」

他轉身走向一張桌子，我注意到他身後檔案櫃側邊擺了一面又長又窄的垂直鏡子。

我假裝沒注意，又多瞧了那面鏡子一會兒，確認這裡只有我們兩人，之後才落坐在他對面的一張椅子上。我進來的那扇門是這個辦公室的唯一出入口。

他問：「你要我現在就叫他們過來，還是你要先做準備？」

我說：「不用，只要你覺得方便，就叫他們過來吧。」

「不管怎樣，」他說：「我請人先把他們的病歷送來，或許你會有用。」維卡里歐從檔案櫃裡抓出一包香菸。他咬住香菸，點燃火柴，橘紅色火焰照亮的範圍內，我看到他嘴唇腫脹，上頭覆蓋著膠狀發亮的孢子，潰爛的瘡口，以及宛如熱水燙傷的水泡。（丹尼爾說：是兩個穿便服的警察，一個唇上有潰瘍傷口，另一個手背上和眉毛上有牛皮癬。很明顯的，維卡里歐兩樣都有。）

我說：「還有一件事。」

「什麼事？」

「若你覺得沒問題的話，我需要做訪談錄音。」

「錄音？」

「是的，我很懷疑能馬上從這些訪談中得到什麼提示，而且就像你之前所說，還不知道那算不算得上是對話。我可能需要重複聽好幾遍，才可以釐清一些事情。」

事實上，當晚我就這麼做了。我討厭家裡的死寂；寧願失眠，也不使用藥物助眠，或是在床鋪上輾轉反側。我甚至還有一張清單，可以在哪些地方消磨時間，而不被這種感覺淹沒。我來到位於醫院和我的公寓之間的一間小咖啡廳「半月」，是一對年輕雙胞胎姊妹經營的。其中一人罹患厭食症，所以當兩人站在一起時，看起來就像同一個人生前跟死後的模樣。我點了一杯咖啡，一隻枯瘦如柴的手將咖啡端至我的桌前。我戴上耳機，開始謄寫第一個訪談內容。

那天下午的景象逐漸重建起來，從我的耳朵轉移到我的記憶。維卡里歐坐在辦公室門邊的椅子上，接著護士依次將那三個病人帶進來。第一個病人是我曾經見過的那個女人，我第一天到這間醫院時，曾經在走道上遇到她。她那次說了「在這裡，連光線也不會遁逸」這句話。而這次她那張雌雄莫辨的臉孔出現在辦公室時，一邊看著天花板的日光燈，也說出同樣的招呼語：「在這裡，連光線也不會遁逸。」她從桌旁抓了張椅子，好似要坐下去，但沒有，依然站著，看到桌上的錄音機，朝它伸出雙手，突然開始不斷張開又握拳，她的手指彎曲，很費力才能張開，手掌像海星，臉上的神情像是一個驕傲的魔術師。一直到我們說完話，她始終抬眼看著上方的日光燈。她應該不到三十歲，但頭髮已轉為灰白，眼袋的皺紋有一層滿滿的痣斑。然而，她的眼神還保有嬰孩的光輝。錄音帶上她的聲音聽來像是一連串規律的咯咯聲，猶如壞掉的馬達，全是短句，而且沒有音調起伏。這些字句是：這裡，即使，光，不會遁逸。

我問：「妳知道我想談什麼嗎？」

她以眼神表示理解，並點了點頭。她說：「是呀，我知道，所以怎麼樣？」接著又低聲說了一句像是道歉的話語：「時間不幸地，粗魯停頓，沒有人在意，在永遠的地獄火焰上方，懸掛著另一個名字。」她接著陷入沉默，將張開的唇往內縮，露出犬齒根部。

維卡里歐抓了抓臉頰，不由自主笑了，沒什麼目的，幾乎像打嗝一樣，那笑聲和流浪狗的吠叫聲混在一起，被記錄在錄音帶上，他咕噥著說：「你真的覺得這有用嗎？」

我再度將注意力放在那女人身上。

「回想一下妳發現那女孩死掉的那一天。」我說：「妳記得那一天嗎？妳記得那天有關她的事嗎？」

維卡里歐雙手撐住頭。

那女人再次點頭。「這是沉默，是悲傷，」她說：「你以為他真誠的刀鋒並未磨利。是的，我們的理解漫無目的，即使只是在一旁觀望，或是了解內在……」

她還沒說完，我就插嘴要她告訴我那天的事，特別的事。那個女人不喜歡我打斷她說話，閉上眼睛，嘴唇憤怒地扭曲。她問：「這裡沒有光明正大的事，對吧？」她伸出空無一物的手。我請她冷靜下來，又重複一次我的問題。她完全無視我的提問。「現在，」她說：「我們的窗戶，必然的。空洞的，反常的，赤裸的格里芬[20]，永遠的朝聖者徘徊於遺忘之境，不得其門而入。」

我又重複一次提問，她再次無視我的問題，從那之後，錄音機只錄下她一再反覆唸誦的簡短獨白，唸完之後又一再從頭開始覆誦。「向前走！」她開始說：「撒迦利亞[21]預言審判結果，可能，或許，大概是個瘋子。」她小心翼翼唸出每個字，字與字之間留著空隙。「上帝嬉戲，對著我們微笑。排外者嬉戲，怪異地。野獸！」她說話無音調起伏，雙手舞動卻極富韻律。「模仿西風！耶和華平靜地蒸發！來自我們這些罪人的隱居之地。」

維卡里歐打了個哈欠，繼續搔抓他的臉頰。

「仁慈的撒迦利亞，」她眼睛依然瞪著日光燈，指著警長說：「奉幸福、姊妹與兄弟之名保佑我的子宮……」接著，錄音帶上她的聲音提高音量，但不改單調的語氣。「耶和華告訴農人，老農夫，被拘禁，被釘上十字架！贊西佩[22]的怒火嚇壞其他人。」

維卡里歐拍桌而起，接著走向門口。他招來護士將那女人帶走，帶下一個病人來。他看著我，一句話也不說，紫紅嘴唇流洩出諷刺的笑容。那女人在離開辦公室以前，再度重複她最後的演說：「迷人的，富裕的，華麗的門就在你面前，硬被打開，隱藏真面目的年輕猶大，加略人猶大，祕密潛伏於此，古老的詩句，準備下令。奢華的門，打開第十一章第八節，揭露年輕的叛國賊，鬼魂，無處可尋！」

在第二個病人進來以前，錄音帶上是一段長長的中斷，而第二段訪談既平靜又短暫。這個男人鐵定有五十歲；他穿著一件骯髒的破舊西裝，一絲絲油膩的頭髮在脖子上跳動，他將頭髮往前梳以遮掩禿頭。雙手交疊在身前，一副他剛剛才摘下帽子握在手中的樣子，他坐下後，雙手合十放在桌上。

我問了他同樣的問題，他專注傾聽，像是激動耳語又像是低低的回音，一個音節一個音節地重複我的話。他一剛開始的反應聽來空洞且毫不相干。但他突然伸出一根手指，像鉛筆一樣滑過沾滿灰塵的桌面，畫出弧形和直線。他正在寫東西，等他寫完這些別人看不到的字後，他開始以神職人員傳教的那種甜美虛假聲音說：「那是丹尼爾告訴我的故事。在某個地方，有一個男人和三個女人。就只

20 Griffon，希臘神話裡半獅半鷹的動物，是萬獸之王。
21 聖經裡的先知人物，聖經《撒迦利亞書》作者，記載許多耶穌的預言。
22 Xanthippe，哲學家蘇格拉底之妻，以凶悍聞名。

有這樣，不然還有什麼？不管是那個晚上或者任何晚上，你都得採用消除法。消除不要的元素，別分心。這就是丹尼爾的建議。所以，在某個地方，有一個男人和三個女人，不然還有什麼？一個男人和三套組，三合一，三同盟，三角形，三腳凳，三部曲，三輪車，三連符，三重奏的女人。聽起來很耳熟？丹尼爾就是這麼問我的。他說，在某個地方，有一個男人和三個女人。他們有一段故事。我只是個孩子，一頭小牛，一匹小馬，我有三個女人。一個是我的未婚妻，一個是我的愛人，一個是我的妹妹。沒有我母親；我母親不在那兒。這是丹尼爾告訴我的。我的愛人消失，永遠不存在了，我的未婚妻消失，永遠不存在了，我的妹妹消失，永遠不存在了。依照這個順序。聽起來很耳熟？丹尼爾就是這麼問我的。人是一個工具。我沒有殺任何人，我無意殺任何人。未曾預料。丹尼爾是這麼告訴我的。」

我問的其他問題都得到相同的回答。我很仔細地聽錄音帶，希望找到一些差異之處，可以顯示那可憐男子企圖改變說詞，但完全沒有，這些字句完全相同，順序不變，連暫停處都一模一樣，這像是他自建的牢獄，而他也不想逃走。

維卡里歐抓住那病人的手臂，將他帶到走道上。過了一分鐘，他帶著另一個病人回來。她是個年約三十或三十五歲的女人。有一道斜斜的傷痕從鼻子越過嘴唇，一直到下巴尖端，毫無疑問那是矯正過的歪唇。她的雙眼幾乎呈半開，眼瞼底下的眼睛顫動著，偶爾她會張開雙眼，就會看到她一隻眼瞳是黑色，另一隻眼睛則被一層黯黑濃厚的白內障覆蓋住。我跟她之間根本稱不上有任何對話，我還沒提問，她就開始滔滔不絕地列出一堆日期和人名，宛如一首冗長的讚美聖詞，以支離破碎的故事開始，接下來是一連串外國人姓氏，這首讚美詩歌就像真言一樣，有時會消聲一段時間，再度出現時音量變得更大。唸誦時，她從房間這一頭走到另一頭，不是站到遠處面對牆壁，就是貼近我，近得可以聞到她噁膩的氣息。那天晚上在咖啡館裡，我試著把那一長串無止盡的名單謄寫下來，直到我覺得這工作簡直荒謬為止。

我試著記下頭幾句話：「根據康拉德．利科斯泰內斯的妻子（她是個外國人）所說，她故鄉的女人曾經像母雞一樣下蛋。康拉德殺了他的妻子，在她去世的那張床上發現一顆黃色的蛋，透過蛋殼上的裂縫，他看到一張沉睡的臉孔；那張臉和自己一模一樣。一〇七六年，康布雷的拉米爾杜斯的母親是未婚懷孕的少女，他們殺了他。一三〇〇年，吉拉多．塞格萊利在一座穀倉內向智者傳教，他們殺了他。一三〇七年，多且諾神父繁殖公雞和母雞，他們殺了他。一四一五年，揚．胡斯要彼得發出三次雞啼，他們殺了他。一五三六年，雅可伯．胡特把他的信徒開腸破肚，他們殺了他。一五四六年，安．亞斯古用自己的血替她的小雞解渴，他們殺了她。一五五五年，由於身為猶太之王，尼可拉斯．瑞德利的羽毛被拔除，他們殺了他……」

總共有數十個名字。那女人繼續說著，一點一點地降低音量，直到化為嗡嗡聲，護士在帶她離開辦公室時揉揉她的肩膀，讓她放鬆些。

維卡里歐興味盎然看著我說：「所以，根據你的朋友，這些人是有『理性』的瘋子，對吧？這些人可以幫他解開謎團，是嗎？」他用大拇指和中指搔抓兩邊臉頰，發出一陣打嗝般的咯咯笑聲，他又說：「如果你可以從這裡面找到什麼有用的東西，我可以把我的房子跟老婆給你，『心理』語言學先生。不過現在，別再騷擾我了，你可以帶走這些病歷資料，明天再拿回來，不過，麻煩你，我現在想休息了。如果我可以在這兒待個幾天，只是盯著天花板看，假裝在做調查，我就有幾天可以不用在辦公室或是街上奔走，冒不必要的危險，你懂我的意思吧？出去吧。麻煩把你的錄音機帶走，還有出門時請幫我關燈。」

我照做，離開時拉下日光燈的生鏽鍊子。黑暗再度降臨，窗外射進來的白色光束在桌上迸散開來，落在維卡里歐背上，照進鏡子裡，反映出他那不存在搭檔的倒影。

我拿下耳機，關上錄音機，在桌上放些咖啡錢，離開半月咖啡館，離開時對著罹患厭食症的那個雙胞胎揮揮手，另一個則在擦拭桌子。我不想回家，可是那天晚上我腦子裡有太多疑問，我知道如果我能在妻子的遺物箱裡找到她老媽八百年前送我們的那本巨大黑皮聖經，我至少可以解決一個疑問。第一個女人曾經唸了《撒迦利亞書》其中一段詩句。「仁慈的撒迦利亞。」她說：「第十一章第八節。」我快速搜尋了《撒迦利亞書》第十一章第八節的內容。那個女人所說的引言是，「仁慈的撒迦利亞，奉幸福、姊妹與兄弟之名保佑我的子宮」。就算不是神學家也不是信徒，也聽得出來這一段是偽經文。我從衣櫃裡挖出箱子來，在我如今已不想回顧的相簿和一疊已經開始泛黃的照片間，找到了我要找的書。我翻開《撒迦利亞書》第十一章第八節，確認了這一段內容跟那女人所說的完全不同。《撒迦利亞書》這一段的內容是：「一月之內，我除滅三個牧羊人。因為我的心厭煩他們，他們的心也憎嫌我。」我忽然有了預感，便翻找那個女人的病歷，找到我預期的診斷：重度模仿語言症。

那個女人會不斷重複唸誦別人拿給她看的文字，直到有人又再拿另一份文字給她。她無法跟人對話，只能以她最近看到的文字片段來「回答」問題。我察看其他兩個病人的病歷，發現他們有同樣症狀。我察覺到丹尼爾要我跟這幾個病人談話，並不是因為他們有可能目擊、看到或聽到什麼，更不是因為他們有可能是犯人。他派了三個信使給我。他為什麼要讓他們背誦密碼？是因為訪談時若有維卡里歐在場（他也確實在場），必須防止他理解訊息嗎？他為什麼又要在數天後才讓我知道這些我可能無法理解的訊息，而不是在我們那天面會時就告訴我？那又是另一個故事，我晚些才會知道原因。同時，那天晚上還有兩個任務：和文獻小徑工作的年輕人會面，之後還要埋首謄寫訪談記錄，它們看似毫無意義，現在我開始懷疑它是罪人告白的章節了。

古書收藏家唸道：有一座三角形村莊，被一間由泥巴和樹幹搭建成的教堂統御，村莊入口是一道沒入山腳下的階梯。村莊正好占據了山谷最狹窄的入口，是旅人和偷馬賊必經之路，也是來自附近山丘和平原的孤寂人們週日匯集的地點。一天午後，一群陌生人自村莊中三條道路其中一條尾端現身，有人步行，有人騎馬或騎驢。他們表示想要見統治村莊的人，接著一個前額有刮傷、角膜泛黃的老人出現說：我的名字是亞伯拉罕。他們要他找兒子來，他遵從指示。大喊以撒，也可能是以實瑪利！一個男孩從稻草掃帚陰影底下跑出來，抱著一隻母雞，接著開始審判，他們在廣場上大聲宣告父親的罪：重寫法律，重劃疆界，讓絕望減損信仰。由通姦者和竊賊組成的法庭宣判他有罪。接著陌生人轉向以撒，或以實瑪利，說：你要殺了你父親，這是殺雞儆猴。他們把來福槍放在男孩手中，離開，或步行或騎馬或騎驢，沿來時路回去，並未揭示道德訓誡，村人埋了亞伯拉罕。墓園很大，逐漸蠶食街道；人們在活人床底下挖新墳，因此人死後只要將他們丟下階梯即可。古書收藏家想：很吸引人的故事，不過，真假難辨，也毫無用處。他決定要讓茱莉安娜看看那條螺旋狀街道，朝著街道相反方向前行，走出迴圈，來到都市外圍的環形道路，那兒排列著一棟棟白色房舍，不需要物質和金錢交易就可相擁的男女睡在裡頭。他讓她住進這座塔裡，在她眼前展開一卷卷人體測量[23]圖，文獻出處以草體書寫在人體圖中不可能有的部位上。他從箱子和櫃子裡抽出幾本袖珍本的奇幻或博物學故事，戴上鐘錶匠的帽子，唸這些故事給她聽：有個東方乞丐想要離開他賴以維生的馬戲團，來到一個位於子午線國家的海岸邊，偷走一位政府官員的衣物，假冒是個智者，他變成一個貴族，頒布終結歷史，廢除慾望，改革教堂和妓院的命令，他年老過世時，手中抓著一個大搖籃，不知道他的政府大樓是由紙板蓋成，也不知道他其實從未跨出馬戲團。茱莉安娜看著古書收藏家，她的肩膀、臉頰、手指都緊抓著每一個字句，還要求他再說更多故事，他們彼此交換——她告訴他生活在人群中的好處；他則以大型開本、四開本、紙張束、羊皮紙、瓦倫西亞牛皮裡學來的三段論法與文句建構世界——他們有半天時間待在書房，半天時間待在臥室，兩人身體交疊，這是古書收藏家一生中最快樂的十一個月。

23 Anthrophmetric，體質人類學的早期工具，測量人體的各部位，研究各種族在人體的差異，以及體質與心理的關係。

19

「你要去的地方是不是警察總部？」

「沒錯。」

「你要去自首嗎？」

「這主意聽起來挺不錯。」

入夜之後，商業區街上充斥大桶死魚般的濃稠臭氣。吸入這臭氣就好像從口鼻攝入一大塊濕黏土，而在交通號誌閃耀的燈光下看著群集在酒吧門口的情侶，以及在祕密地點交易的妓女、皮條客和毒販，就好像從籠子裡看那些造訪動物園的遊客：他們的身形變得單薄，身體輪廓猶如融入一團不穩定物質。只要走到文獻小徑第一個轉角的對街，穿越七條街後，就會發現圓柱形街燈光束好像沉重而柔軟的物質，落在人行道上，照亮了一些奇異入口，鬼祟的光線籠罩著穿梭小徑的哀傷悲慘男女，形成一塊渾濁、液狀、無限延伸的燐光體。「小宇宙」也跟其他酒吧一樣位於一棟殖民時期建築內，雕刻拱門下是一個鑲著暗色玻璃的門，入口處醉漢擁簇，穿越狹窄的走道進入室內，可看到一群小心翼翼的年輕人，手拿馬克杯或酒瓶，一臉迷醉，卻沒有表達任何真實情感。抽搐般震動的音樂把葦草合板做的牆壁、木桌和大理石地板震得搖搖晃晃，震動穿透身體，好像被幽靈賞了一記上鉤拳。吧台後頭還有一些塑膠小桌和鋁製椅子。約我見面的年輕人就坐在最後面一張桌子。他遠遠看到我，舉起手示意，圓桌上擺著一只啤酒壺和兩杯滿滿的啤酒。

「我沒想到你會來。」我坐下時他這麼說，而我沒有回應。

過了幾秒鐘後，我對他說：「我沒有多少時間，不過我對你的故事很有興趣。」

「不會講太久，」他說：「不過我希望你知道，我這麼做可不是出於好心。你懂我的意思吧？」

我從沒有用錢買過情報，當我將鈔票從綠色塑膠桌上推過去時，第一次覺得自己像小說裡的偵探。他露出明顯的笑容，散布在他兩邊臉頰上的粉色斑點彎成拱形。

他說：「我要你告訴我有關金翅雀的事，所有你知道的。」

我概略說道：「我知道亞納烏瑪販賣珍本書，在這行是首屈一指，他以前開過書店，後來因為恐怖分子攻擊而失去那家書店。我知道他是個渲染誇大狂，會把別人的故事據為己有。我知道他是丹尼爾的朋友，跟丹尼爾在『共同圈』的合夥人，以及這城裡許多重要古書收藏家都有交易。我知道他是丹尼爾的心腹，他也對另一個茱莉安娜瞭若指掌——至少，這是他給我的印象。因為你先前跟我說過了，我知道他還有一半的事情沒有告訴我。」

那年輕人說：「很好。」他啜飲啤酒，接著用兩根修長尖細的手指抹了抹嘴角。「你知道金翅雀跟屍體的黑市交易有關嗎？」

很久以前丹尼爾曾告訴我的事情，緩慢地在我腦海復甦。我說：「我知道一點。好幾年前，亞瑪烏納屬於一群書商團體，他們是停屍間員工和幾個大學醫學院學生之間的仲介。他們賣屍體部位給學生做解剖練習，潛在顧客就憑著掛在書攤前雨篷上的猴子頭骨為標記。我只知道這程度而已。」

年輕人問道：「你不喝啤酒嗎？」

我回答：「我不能喝酒。」不知為什麼，我覺得有義務解釋：「我晚上會吃藥，所以不能喝酒，禁止事項。」

他說：「很好。那我可以多喝一點。」臉頰上一簇粉色斑點再度跳動起來。

我問：「屍體的黑市交易跟這件事有什麼關係？」

「大有關係。」年輕人笑著說：「亞納烏瑪還在做這門生意。老實說，他是這行的靈魂人物。自從跟一個記者發生了摩擦，他們換了標記，現在是放在書堆上的歌德胸像。雖然記號不同，功能還是跟以前一樣。」

我問：「這些事跟丹尼爾又有什麼關係？」一邊試著抹去浮在我那杯啤酒上頭的薄薄泡沫。

「老兄，你還不懂嗎？」

我不耐煩地說：「不懂。」

「我看我就別拐彎抹角了。我的故事沒有一個合適名稱，就算有我也不知道是什麼，我寧願不要有，不過我可以告訴你，我說的都是真的。三年前一天早上，你的朋友丹尼爾出現在文獻小徑。他常常來這裡，不過有一段時間，他對其他人都愛理不理，只光顧金翅雀的攤位，從沒對別人多看一眼。大家都知道他，我也是。跟其他客人相比，他顯得不同，因為他不會瀏覽書堆，好像突然間這些書一點都不重要。亞瑪烏納通常會用棕色紙包裹兩、三本書包，等丹尼爾來拿。那天早上的狀況卻不同。金翅雀沒料到他會過來，有點吃驚。你的朋友看起來很疲累緊張，他要求跟金翅雀私下聊聊。不過呢，我完全知道他們說了什麼，如何知道的，我寧可不說。」

「丹尼爾殺了一個女人。茱莉安娜？」我問：「他的未婚妻？」

年輕人回答：「我不知道名字。」他喝乾杯子裡的啤酒，又抓了酒壺將杯子倒滿。「丹尼爾殺了第一個女人，他想出一個丟棄屍體的可怕計畫。你付錢要聽的就是這件事。你的朋友想出一個完美計謀，若沒有金翅雀幫助就無法實行。他們同意以下計畫：丹尼爾把屍體放在後車廂裡一天半左右，就在那晚，他把屍體丟在離這裡不遠的一個寧靜街區的下水道裡。他沒有藏匿屍體，或是掩飾屍體的身分。屍體就放在塑膠袋裡，用捲尺綁起，這麼一來，路人第二天早上就會看到這個袋子。他的想法是第一個發現的鄰居會立即通報警察，後來也確實如此。根據那個區的管轄狀態，公務繁忙的警察會將屍體送到與亞納烏瑪組織有關聯的停屍間。當然，亞納烏瑪已經事先照會過，停屍間的人知道他們等的是哪一具屍體。接下來只要做一些瑣碎的文書工作，等地區檢察官在醫師開的死亡證明上署名；

說明這具無名女屍是遭尖銳物品刺殺，刺了好幾刀，身上各處還有大量燒傷。之後只要變更文件日期，將死亡日期提前兩周，而你的朋友也保證，這城市絕對沒有人會擔心那個女人的行蹤，只要沒有人去認領屍體，警方的調查就會是官樣文章了。」

「事情就是這樣嗎？」我問：「亞納烏瑪要他的朋友把那女孩的屍體弄成無名屍，靜靜在停屍間腐爛，好讓丹尼爾安心，因為他知道沒有人會去調查女孩的行蹤？」年輕人再度露出笑容。一隻猶豫不決的蒼蠅在他的杯子邊緣爬來爬去，接著跳至他的手上，開始往手臂方向攀行。

「事情沒這麼簡單。」他說：「如果你的朋友要的只是這個，就不需要其他人幫助。但他想要完全脫身。他不想留下屍體，甚至還想親眼確認屍體確實銷毀了。所以他開始著手第二階段。接下來兩週，你的朋友每天早上都會到亞納烏瑪的攤位。他們會在那兒讓他上車，把他帶去一個房子，再接駁去另一個房子，有人會將裝著女孩屍塊的塑膠盒交給他。」年輕人語氣平淡，接著一口氣吞下最後一大口啤酒。蒼蠅在他的手臂上茫然繞圈圈，小小的翅膀在酒館喧囂空氣中無聲振動著。年輕人和蒼蠅都在搓弄自己的雙手。

「有一天，他們給了他一塊手臂，」年輕人繼續說：「另一天，又給了他一根黏附著一條乾硬肌肉的股骨，有天早上他拿到一顆肝臟，一個腎臟，一片大腦，一個袋子裡裝了黏膜、內臟，還有保留著指甲的手指及腳趾，切成兩半的心臟。最後，他們給他一張還連接著軟骨的臉皮，這樣他就可以確認他們沒有欺騙他。你的朋友是怎麼銷毀那些屍塊的？他們不知道。這不在契約當中。他們只是做著數十年來做過千百遍的事。你的朋友每天被蒙上眼，帶到這城市的不同點，付錢買屍塊，接著拿著一個裝了女孩屍塊的塑膠盒，坐上計程車；停屍間冷凍的冰塊融化，滴入劈開的骨頭和扯開的皮膚內。兩週後，屍塊都送完了，你的朋友卻又回去找金翅雀，跟他說了同樣的故事，同樣表示要出錢請求他幫助。亞納烏瑪和他躲在簾幕後面吵架，企圖遮掩兩人的激動，那簾幕是賣家與文獻小徑上路人之間的唯一隔離，僅有的隱私。

「我看到你的朋友情緒高漲，汗流浹背，激動不已；他看起來似乎變老了，因為手腳顫抖而潰不成形，他離開時臉上掛著誇張的譏諷神情，嘴角露出一抹緊繃又不由自主的獰笑。亞納烏瑪答應再幫他一次，可是發生了出乎預料的事，你的朋友沒在預定時間回來。」年輕人說完陷入沉默，將啤酒壺裡最後一些酒倒完。

蒼蠅飛了起來。「我知道後來發生了什麼事。」他說：「丹尼爾自殺未遂，承認了第二件謀殺案，他的父親把他交給警察。」

喇叭裡傳出的喃喃轉為一種沒有韻律、宛如黏稠物質的嗡嗡聲響。有幾對情侶排排站在酒吧裡，吧台上方掛著「小宇宙」綠色霓虹燈，發出令人昏昏欲睡的古怪光亮：男人穿著棉質長褲和破鞋，女人戴著束腰，跳舞時看著自己的雙腳，或者映照在周遭鏡子裡的人影。那個年輕人雖然雙眼睜大大，卻似乎沒在特別看著什麼。

「我想，」我說：「就是這些了。」

他說：「就是這些了。」依然不看我的眼睛。

我說：「謝謝。我來付啤酒錢吧。」他沒回答，我將另一張鈔票擺在桌上。「還有一件事，」我又說：「你為什麼會對屍體黑市交易的程序這麼熟悉？」

他的嘴唇有一圈粉紅色粉刺，襯托著兩排發黑潰瘍的牙齦，他頭也沒抬，笑著說：「當然熟悉了，因為我也是其中一員。怎麼？你也想要我提供服務嗎？」

20

我覺得我需要馬上趕回家，但是心裡同時也升起一股隱約的恐懼，我害怕四面孤立、充滿敵意的牆壁，而今晚，我在短短時間內知曉了一件又一件駭人聽聞的事實，肯定又更加深我的恐懼。我坐在計程車後座，決定要在半途下車走回家，拖延揭開祕密的時間，到了連接我家和醫院的那條街，我要司機讓我下車。那些棺材狀的密集建築群活像來自未來的廢墟，它是悲劇的遺跡，這悲劇已經上演過千百次，但是只要某個疲憊的神祇一時疏忽，不注意這個建立在脆弱支柱與薄弱地板的世界，悲劇就會再上演一次。我背對著醫院走，感覺到那充滿微小祕密和不幸建築物射來的視線。過了幾條街，我看到半月咖啡館，雙胞胎中瘦的那個正在折桌巾，健壯的那一個正喀啦喀啦地拉下鐵門。公園長椅上，街燈照耀下，一個醉鬼正和灰貓說話。在夜晚潮濕的空氣中，風猶如一支飄忽的箭飛射而來，在這個布滿幡狀雲的黑暗夜晚，丹尼爾的故事一點一滴在我腦海中重建起來。

事情就跟我知道的一樣。丹尼爾殺了兩個茱莉安娜，兩件謀殺案的間隔時間是兩週。他想出一個絕妙點子來處理第一件謀殺案的屍體，第二件謀殺案卻摧毀了他的神智，所以他企圖自殺，並承認他犯下第二件謀殺案。他沒有告訴警察第一件謀殺案，儘管他曾經向亞納烏瑪和米胡坦承過。

他也殺了「哈克」嗎？如果他真是凶手，為什麼要花費這麼多力氣去否認罪行，還極力隱瞞他的第一件謀殺，因為誠如他所說，他的人生還能更慘嗎？他為什麼只承認一件罪案，卻否認其他罪行？更重要的，他為什麼要殺「哈克」？難道丹尼爾是個永遠陷入非理性暴力暗流的瘋子，無法阻止自己的行為，無法對自己說謊，卻也無法置身事外，讓暗潮靜靜流過，不被拉扯沉淪？

公寓警衛將帽子蓋在臉上，正發出陣陣鼾聲，雙腳以不太舒服的姿勢橫在接待桌上。我不想叫醒他去搭電梯，決定走樓梯。我很少走樓梯，尤其在這麼晚的時刻，樓梯間與格子花紋地板的潔淨令我驚訝，空蕩乾淨的氣氛很舒適，但基於難以說明的理由，也很有壓迫感且緊繃。我打開公寓的門，打開冰箱的門，又打開藥櫃門找藥，這些門在我身後無聲息關上。我進入辦公室，讓門一直開著，接著將那天下午與三位病人使者的訪談記錄擺在桌上。第一個女人說的話讓我感到相當可疑：那一段《撒迦利亞書》的謬誤引導我找出正文。一月之內，我除滅三個牧羊人。因為我的心厭煩他們，他們的心也憎嫌我。

她不理會我的質問和維卡里歐的干預，不管如何，這些狀況都不會改變她要說的話，將她的話組合起來，我認為會成為一段相當連貫的話語：「是呀，我知道，所以怎麼樣？時間不幸地，粗魯停頓，沒有人在意，在永遠的地獄火焰上方，懸掛著另一個名字。這是沉默，是悲傷，你以為他真誠的刀鋒並未磨利。是的，我們的理解漫無目的，即使只是在一旁觀望，或是了解內在……這裡沒有光明正大的事，對吧？現在，我們的窗戶，必然的。空洞的，反常的，赤裸的格里芬，永遠的朝聖者徘徊於遺忘之境，不得其門而入。向前走！撒迦利亞預言審判結果，可能，或許，大概是個瘋子。上帝嬉戲，對著我們微笑。排外者嬉戲，怪異地。野獸！模仿西風！耶和華平靜地蒸發！來自我們這些罪人的隱居之地。仁慈的撒迦利亞，奉幸福、姊妹與兄弟之名保佑我的子宮……耶和華告訴農人，老農夫，被拘禁，被釘上十字架！贊西佩的怒火嚇壞其他人。迷人的，富裕的，華麗的門就在你面前，硬被打開，隱藏真面目的年輕猶大，加略人猶大，祕密潛伏於此，古老的詩句，準備下令。奢華的門，打開第十一章第八節，揭露年輕的叛國賊，鬼魂，無處可尋！」

我猜想這段內容是丹尼爾告訴這女人的，她如果只是一再複述，表面的話語之下應該隱藏了看不見的訊息。錯引《撒迦利亞書》就是信號——請由此門進入。

我除滅三個牧羊人應該很明顯是個告白：三個死亡事件。那是指兩個茱莉安娜和「哈克」？不過我除滅三個牧羊人跟我殺了三個牧羊人是不一樣的。可能有共謀者，一個殺手，一個依照丹尼爾命令去做的人，一個僅憑猜測或遵循丹尼爾的計畫、指示而下手的人。

敞開的窗吹進一股挾帶沙塵的強風，把辦公室裡的燈火吹得搖曳閃爍；窗外傳來口哨聲，蓋過遠處負傷狗兒的呻吟。所有祕密會不會就隱藏在《撒迦利亞書》裡？我的聖經依然攤開在同一頁上。我重讀許久，篩選書中重複出現的記號。第十一章的內容相當灰暗，且有預言性質；但每一句都神祕難解。在這一章節中，上帝是個殘忍、難解、還無法自圓其說的殺手。祂像對待實驗動物一樣宣判牧羊人與他的羊該怎麼死。在丹尼爾要我發現的引言的下一句是：要死的，由他死，要喪亡的，由他喪亡。余剩的，由他們彼此相食。

我重複讀了一遍，徒勞無功。我找到的每一種解密方法都是無止盡的臆測。我又回頭去看那女人說了些什麼。看了好幾遍以後，忽然想起「在這裡，連光線也不會遁逸」我第一次去那家醫院時，這女人就說了這句話。我重看文件，發現另一句重複性質的話：「迷人的，富裕的，華麗的門就在你面前。」但是我第一次碰到那女人時，丹尼爾應該還沒想出傳遞晦澀訊息的計畫。她講的話應該有部分是出自自己的意志，是她的語言。但很不幸的，我卻覺得那是最不相關的段落：「在這裡，連光線也不會遁逸」和「迷人的，富裕的，華麗的門就在你面前」。我完全找不到這兩句話有任何意義。一會兒，我想起另一件事。

我們第一次邂逅，她只講了這句話。一見面時，跟最後我轉身走向走道時。這一次訪談也一樣，她分別在開始和結束時說了同樣的句子。這應該是種公式化的招呼語：哈囉和再見，在對話開始和結束時使用，沒有其他意圖。我在這兩句話底下寫了哈囉和再見，接著去弄一杯咖啡來喝。廚房裡冷得發凍，敞開的玻璃窗上結了一層薄薄的透明夜露。公寓下方的公園裡，有個警察在遠處夜巡，幾個流浪漢在公園入口的拱門底下徘徊。我將咖啡杯放在愛倫坡的小說《被偷的信》[24]上方，回頭繼續去看我的文件，我發現一個明顯但很荒謬的關聯：在哈囉這個字的上方，

「在這裡，連光線也不會遁逸」這句話明顯就是最初階的藏頭詩，把每個字的第一個字母連起來就是哈囉。我笑了起來，卻正好讓滿口苦澀的咖啡嗆到喉嚨發疼。「迷人的，富裕的，華麗的門就在你面前」就是再見。或許我該把這一整段話都當作藏頭詩，不用去管內容意義，只要單單挑出每個字的第一個字母就可以了。

接下來的一句話是：「是呀，我知道，所以怎麼樣？時間不幸地，粗魯停頓，沒有人在意，在永遠的地獄火焰上方，懸掛著另一個名字。」我挑出每個字第一個字母，組成的句子是：「是的，我知道。是丹尼爾的未婚妻。」激動之情淹沒我，接著開始把整個段落的首字母都挑出來：「這是沉默，是悲傷，你以為他真誠的刀鋒並未磨利。是的，我們的理解漫無目的，即使只是在一旁觀望，或是了解內在……這裡沒有光明正大的事，對吧？」這段話整理出來，變成對我的嘲諷：「這就是你在尋找的關鍵。」下一段話是：「現在，我們的窗戶，必然的。空洞的，反常的，赤裸的格里芬，永遠的朝聖者徘徊於遺忘之境，不得其門而入。」隱藏在表面句子之下的是：「現在改變了。再加一。」我也將其餘的段落拆解，卻是沒有意義的一句話：Jgzpvmpplgpsuxpqbmtz。接著是pvgjoecfusbzbm。然後是uifsfjtpofjocfuxffo。不過之後又出現了藏頭詩，「迷人的，富裕的，華麗的門就在你面前，硬被打開，隱藏真面目的年輕猶大，加略人猶大，祕密潛伏於此，古老的詩句，準備下令。奢華的門，打開第十一章第八節，揭露年輕的叛國賊，鬼魂，無處可尋！」這一句變成是：「再見，我已經從監獄裡告訴你所有事情了。」我將解讀出來的結果串連起來，整個段落被削減成一段暗藏新密碼的文字：「是的，我知道。丹尼爾的未婚妻。這就是你在尋找的關鍵。現在改變了。再加一。Jgzpvmplgpsuxpqbmtz pvgjoecfusbzbm uifsfjtpofjocfuxffo。再見，我已經從監獄裡告訴你所有事情了。」

在那三句沒有意義的文句之前還有一句話，我明白那是表示密碼的形式有了變化。「現在改變了。再加一。」一定是具有自我指涉的一句話，我需要先理解其意義，才能解開那幾句謎語。「再加一：向前走！撒迦利亞預言審判結果，可能，或許，大概是個瘋子。上帝嬉戲，對著我們微笑。排外者嬉戲，怪異地。野獸！模仿西風！耶和華平靜地蒸發！來自我們這些罪人的隱居之地。仁慈的撒迦

24《*The Purloined Letter*》是愛倫坡的偵探小說，某女士的私信被大臣偷走，可能用來影響政局。警察遍尋大臣家找不到那封信，請偵探 Dupin 出馬，他馬上在最顯眼的地方找到那封信。因此 The Purloined Letter 成為俚語，指「最危險的地方就是最安全的地方」，以及「我們經常對顯而易見之事視而不見」。

利亞，奉幸福、姊妹與兄弟之名保佑我的子宮……耶和華告訴農人，老農夫，被拘禁，被釘上十字架！贊西佩的怒火嚇壞其他人。迷人的，富裕的，華麗的門就在你面前，硬被打開，隱藏真面目的年輕猶大，加略人猶大，祕密潛伏於此，古老的詩句，準備下令。奢華的門，打開第十一章第八節，揭露年輕的叛國賊，鬼魂，無處可尋！」

最直接的方法就是捨棄每個字母的第一個字母，改採第二個字母。但是Jgzpvmpplgpsuxpqbmtz 就只是變成了 Khaqwnqqmhqtvyqrcnua。完全行不通。我拿了張紙巾擦拭桌上的咖啡漬。或者我不該取列下一個字母，而是前一個字母。所謂「再加一」並不表示「增加一」，那女人的意思很可能是「我加了一」，或許她是在指示我加一是完成式。我試著用這可行的方法解讀，果然有了成果。Jgzpvmpplgpsuxpqbmtz，pvgjoecfusbzbm，和 uifsfjtpofjocfuxffo 這三句話，最後成了一句讓我看了背脊發涼的句子：「如果你尋找的是兩個朋友，你會發現背叛，叛徒就在其中。」我的手指無法抑止地顫抖著，咖啡杯弄倒了，一灘灘黑色液體髒污了桌子。我試著解開那句話的意義，還是徒勞無功。根據之前所言，兩個朋友指的可能是這幾樁案件的凶手。或者丹尼爾想說的並不是凶手，而是如文獻小徑那個年輕人告訴我的，是他擬訂的救援計畫——也可能兩個朋友指的是亞納烏瑪在停屍間的聯絡人。

一開始，我認為丹尼爾藉由醫院裡的三個病人傳送給我的訊息，有可能會是重複三次相同的告白，或是重述三次相同的暗示。我可能錯了。這些訊息很可能並不是相互重複，而是相互補足。很明顯的，丹尼爾並沒有在他們身上塞入大量密碼，只是少量但足夠的資訊，這麼一來維卡里歐就不會發現有問題，不過只要有人用紙和筆將訊息記錄下來，就可以輕易解開密碼了。我決定要用同樣方式去解讀第二份訪談內容，可是我用盡了方法，卻還是沒有找到任何有意義的訊息。

「那是丹尼爾告訴我的故事。」那個病人說。他提到一個地方，有一個男人和三個女人，還用一種古怪的方式來強調重點：「三套組，三合一，三同盟，三角形，三腳凳，三部曲，三輪車，三連符，三重奏的女人。聽起來很耳熟？」

接下來，他的聲音宛若被丹尼爾的聲音附身：「我只是個孩子，一頭小牛，一匹小馬，我有三個女人。一個是我的未婚妻，一個是我的愛人，一個是我的妹妹。沒有我母親；我母親不在那兒。」

這一段並不難解讀，我認為是：丹尼爾講的前兩個女人是兩個茱莉安娜，然後他消除了「哈克」，以逃走或者早就死掉的妹妹蘇菲亞取而代之。

「我的愛人消失，永遠不存在了，我的未婚妻消失，永遠不存在了，我的妹妹消失，永遠不存在了。依照這個順序。」但是他所提及的順序似乎是在說，兩個茱莉安娜的死亡事件是發生在蘇菲亞失蹤以前。這是什麼意思？難道丹尼爾也跟多年前蘇菲亞的失蹤事件有關？接著是最後一句，「我沒有殺任何人，我無意殺任何人。」那是表示他否認罪行嗎？或者從後一句話來看，有一種替前一句話修正和辯解的細微差異，就好像丹尼爾想說，由於他並不是出於自己的意願而殺人，所以他在某方面來說是無辜的？

那女人所說的話中，最隱晦難解的就是「如果你尋找的是兩個朋友，你會發現背叛，叛徒就在其中」。兩個朋友也有可能是指丹尼爾和蘇菲亞。丹尼爾試圖指涉失蹤的妹妹跟他後來的不幸與瘋狂混亂有關，這做法雖可惡，我卻無法視而不見。

最後我的推論是，丹尼爾試圖揭發的真相比他那幾樁實際罪行還要深刻：或者這是他從靈魂邊緣發出的多次呼喊，試圖揭露更深入的事實。有可能丹尼爾想從「哈克」身上尋找他不幸妹妹的影子：「我們曾經居住過的恐懼之島。」他曾經多次重述過這句話，用來指涉他和那個可憐的年輕女人。他也說：「她幾乎還是個少女。」

我面前還有另外一份文件待解，那是最後一個女性病人，她的話充滿各種混雜條目。「根據康拉德・利科斯泰內斯的妻子（她是個外國人）所說，她故鄉的女人曾經像母雞一樣下蛋。康拉德殺了他的妻子，在她去世的那張床上發現一顆黃色的蛋，透過蛋殼上的裂縫，他看到一張沉睡的臉孔，那張臉和自己一模一樣。」之後，她吐出一連串死亡事件、姓名、久遠日期，就像一份集結錯誤歷史的倉促名單。我查了我妻子的《大英百科全書》，康拉德・利科斯泰內斯確有其人，他是個半身不遂的亞爾薩斯神學家，在右手失去功能後學會用左手書寫。他最有名的作品是《預言之書》（*Prodigiorum ac ostentorum chronicon*），他在書中收錄了許多特異事件，其中包含大量獨一無二的預言和超自然的預兆，啟發諾斯特拉達姆產生靈感，後來寫出他那份家喻戶曉的預言集。我雖是黯然，卻不難察覺丹尼爾特有的詭異幽默感。我又找了其他名字的資料。康布雷的拉米爾杜斯是中世紀的叛教者；吉拉多・塞格萊利是一個富有的傳教士；多且諾神父（這是唯一一個我一看就認出來的名字）是個受到聖方濟啟發的異教徒；揚・胡斯是捷克哲學家和改革者，在布拉格被當作國家英雄一般崇敬，至今仍有許多追隨者；雅可伯・胡特是一個帽匠，出生時是天主教徒，後來創建了重浸派，他是個半文盲，卻成為十六世紀德國一個濕地教堂的領導者；安・亞思古是不相信變體聖禮，並發表反對意見的英國女性，她後來被當作異教徒關進倫敦塔，受盡折磨，而就在不久之後，尼可拉斯・瑞德利也因發表褻瀆的異教言論而被判有罪，兩人同樣被處以火刑。我後來又重看前面幾個姓名，才注意到這些人之間的相似性，而且發現還有更大的相同處：拉米爾杜斯、塞格萊利、多且諾、胡斯、胡特、亞思古、瑞德利——除了康拉德・利科斯泰內斯以外，全因堅持自己的信仰而遭火刑。接下來幾個人也有同樣的遭遇：瓦拉格利亞、羅培茲、康特、布魯諾、科皮諾——都同樣被燒成灰燼。

不規則形狀的咖啡漬讓我的一疊文件宛如描繪著孤島的地圖，紙張邊緣黯沉如被研磨咖啡豆和溶糖淹沒的大陸。我起身把窗戶關上，夜風發出幻靈般的呼嚎，吹動窗簾，些微霧氣攀至我的桌上，猶如閃亮星點。若利科斯泰內斯是個預言者，而名單上接下來的幾個人都是死於火刑，丹尼爾想要告訴我的訊息究竟是什麼？他想給我線索的是發生在以前，還是未來？

我躺在那張孤寂的大床上，一如以往，我將整夜無法闔眼，重複總是相同的乏味惡夢，而這些疑問將不斷在其中聚攏會合。

古書收藏家唸道：有一個人有六個兒子，一天下午他讓兒子們爬上一輛卡車的後座，帶他們到一座教堂。那天風兒冷冽。卡車隆隆駛過河床上的平滑石塊。藏在樹林深處的教堂小如娃娃屋。在舉行彌撒途中，眾人聽到兩聲槍響，兩陣爆裂聲，空氣中劃過兩道閃光；牧師額前和身上的黑色長袍突然被染成血紅，當眾人蜂擁而出，想要尋找凶手的蹤跡時，卻發現外頭一個人也沒有。只有樹兒，廣闊的草原，寧靜的鄉間，而教堂牆上剛被人以紅漆寫了字，雖然幾不可辨，但鐘塔牆上也寫滿了數千個相同的字：「憂鬱」。夜幕降臨。

教堂後頭的山丘上有一把亮晃晃的鐮刀和榔頭。回家的路上，父親一一喊六個兒子的名字，並問：你看到什麼了，胡立歐？我看到池子裡有個人在盯著我，他的臉用別針釘在頭顱上。還有你，葛雷摩，你看到什麼了？我看到泥做的島嶼融入海洋，而泥做的居民則融入這座島嶼。你呢，馬利歐？我看到一座綠色妓院的模型擺在沙漠中央，正熊熊燃燒著：夜深了，有很多人被困在裡頭。那你呢，加百列？我看到起始與結束，以及兩點間不斷連續的瞬間，一個母親正給女兒哺乳，一滴落下的乳汁停滯在半空中。還有你，荷塞．馬利亞？我看到一隻狗在咬主人的屍體，把血肉都吃了，接著將骨頭埋在地獄之門底下。至於你，喬治．路易斯，你看到什麼了？我瞎了，但我看到胡安，那位缺席的兄弟，殺了牧師逃離教堂。

古書收藏家將這本書擺在床頭櫃上，在茱莉安娜身邊睡下，黎明前，睡眠籠罩著他們，籠罩著擺在床單上的插畫、凹板印刷、蝕刻畫、銅板印刷，這些畫都描繪了相同的雕刻畫面：一個有翅膀的男人站在一間海濱小屋門前，腳邊站著一頭惡犬，釘子、鋸子、榔頭、紙張上都蒙著一層砂粉，天平秤的碟子倒扣在他頭上，在他身後則是微弱的海潮，一隻蝙蝠在空中盤旋，爪子上抓著一塊標誌，上頭寫著：「憂鬱」。不久之後，古書收藏家被紙張拉扯和關門時的吱嘎聲響吵醒。茱莉安娜不在身邊，於是他走下高塔，步上螺旋形街道，他跟著茱莉安娜，尾隨她在街角飄揚的裙襬，走在這條首尾相連、猶如盤繞大蛇的街道上，人群坐在路上，在店家門口進食。他看到茱莉安娜的裙襬溜入一棟房子或是旅館的大門，他來到窗前，不發一語，站得直挺挺，雙手壓在窗玻璃上，花了數小時觀察裡頭人們相互凝視的眼神，挑逗的睫毛和喋喋不休的話語，就連屋內最裡面的角落都可聽到毫無節奏與曲式的樂聲。他看到茱莉安娜被一個男人抱在懷裡，她笑著，一手拿著一杯酒，另一手溜至對方的大腿下。他看到她坐在另一個男人的大腿上，背靠在第三個男人的胸前，舌吻第四個男人，她拉著其中一人的手走上後頭的階梯，直到兩人身影消失在黑暗中。古書收藏家大受打擊，他走了長長一段路回家，跳上樓梯的最後一階，背對著書架，隨機抓出一本書。那是一本解剖指南。最後幾頁是十七世紀版畫，當時的畫家習慣將透明紙張覆蓋在切成如火腿薄片的屍身上：清晰可見男性和女性身體的內部，切開的傷口，活體解剖的指南。他一直在看那本書，直到睡意來臨。他在床上躺下，第二天早上醒來時，茱莉安娜已經結束她的夜間散步。她很睏，小小的腳彎起放在另一隻腳上，就像小嬰兒的手一樣。古書收藏家在她額前吻了一下，接著又去書房繼續看書。

21

「有些筆直的道路無法帶你到任何地方。」

「有些曲折的道路也是一樣。」

早晨就像一朵連綿不斷的雲，猶豫不決，姍姍來遲。我一邊盯著油燈旁攀爬的紅色蜘蛛，一邊等著早晨來臨。窗框上撒了一層幾不可見的露珠，讓窗戶幾乎跟小陽台的欄杆混為一體，電梯鋼纜的刺耳嘎嘎聲響則透過廚房天窗傳到我耳內，預告了遲緩、機械式重複的一天即將開始。一整個晚上，我都在跟自己激烈辯論，我的決定很大膽，基於同樣的理由也很致命。我打算讓命運來解決我的疑惑。我想跟維卡里歐與丹尼爾兩造分別談談，讓警長明白我的推理——「哈克」的死亡是一連串事件的環節，若能了解這樁犯罪的性質，就可以避免發生更嚴重的事件。不過，讓警長理解這件事前，我必須先說服他讓我跟丹尼爾見面。我得告訴丹尼爾，我明白他只透露了部分訊息給我，而我面對連串湧至的揭示，還是不知道該站在哪一邊，但是我想讓他知道（至為必要）：在他崩潰的這些年間，我實在很內疚我沒有支持他，如果他需要找人訴說，這一次，我會聆聽。或許我會感到厭惡或嫌憎，但至少我會陪在他身邊。我喝完最後一滴咖啡，正準備出門，看到客廳桌上我妻子的照片，黑銀色相框裡的照片已經褪色，因為日照而泛黃，變成一團紫色與氧化綠的漬跡。我大約已經幾百年沒注視過這張照片，想來不可思議，這個世界居然將這個不變的影像遠遠拋到腦後，而照片中人屬於一個比較不真實也比較不冷硬的時代。

到了醫院，醫護人員再度敷衍地指示我走那道小階梯到地下室，走入地下室後，我眼前出現金屬門把與看似人體孔洞的走廊，空氣裡飄散著殺蟲劑的甜膩味，昨日維卡里歐坐的辦公桌後頭是反照在鏡子裡的四面牆壁，辦公室裡沒有人。看來我得等一會兒。在接近天花板的窗外，人群倉促穿越人行道，一道骯髒的光線落在檔案櫃上，那裡面裝滿因時間而褪色的病歷檔案和表格。過了十五分鐘，也許更久。外頭走道響起腳步聲，隨之是一連串粗暴關門的迴響。密閉如子宮的辦公室幽暗而溫暖，一隻蒼蠅魯莽地攻擊窗戶。十五分鐘又慢慢流過，依然毫無動靜。我決定去走道看看維卡里歐是不是在其他房間裡。

外面是一條灰色走道，棕色塑膠地板打亮光滑，走道兩側的門緊閉。我敲了第一扇門，沒有任何回應。我試著要打開這些門，因濕氣而略顯膨脹的木製把手卻一動也不動。我走向階梯旁的那個房間，心想門應該也是打不開，沒想到它一推就朝內開了。這個房間的規格跟其他房間一樣，但是沒有家具，只有數十個紙箱靠牆往上堆放，猶如墓園裡一整排沒有花草的墓地，一直堆到天花板，接近掛在那兒的蜘蛛網，還可以看到蛾繭與幼蟲纏在細絲織成的灰網裡。我朝內走了兩步，聽到自己拖曳在地毯上的悶悶腳步聲。室內靜寂。但是有一道不尋常的微風透過上方的窗戶，穿越窗框縫隙溜了進來，繭和蜘蛛網隨著這個搖籃曲的溫柔節奏輕輕搖曳。箱子上頭並沒有姓名或記號，有那麼一剎那，它們的陰沉順從姿態讓我想起停屍間內的金屬抽屜，以及緩慢卻可察覺的屍體腐化。門突然在我身後關上。角落裡有東西在動。

我不假思索地回頭，差點因轉身而失去平衡，一股幼稚的恐懼攫住我。有個女人站在一堆箱子旁邊：幾束黑色長髮垂落她的肩膀，直達腹部，她的頭低垂，手指有如警棍般突出。她發出爬蟲類般的微弱呻吟，擺動著身體，猶如她也被那陣微風搖晃，跟那幼蟲一樣，是這房間內的另一個半成品。只有她的頭似乎以一定的速度在振動，短暫而細微的痙攣，脖子好像一條緊繃的鋼線，承受來自不同方向、各種重量的拉扯。門關上之後，室內陷入陰暗，只有一道藍色晨光穿透樹脂玻璃上的小洞，揭開她的部分形影，她的人被破布、裙子、襯衫、彩色毛衣層層裹住，像一團隨意捲起的彩色毛線球，壓在她朝前彎傾的身軀上。那女人顫巍巍地坐在一個箱子上，雙腿離地數吋，像一個安靜的侏儒，或是一隻被困在陰影動物園鳥籠角落裡的怪鳥。她先是摸摸太陽穴，接著摸耳朵，又將頭側向一邊，好像想要傾聽什麼。她的專注姿態更顯出這棟建築的靜寂，只聽到我低沉的恐懼呼吸聲，好像它們並非出自我的肺部。空氣凍結在我的咽喉裡。女人轉頭，面朝向我：她臉上有一大塊黑色硬痂，一隻眼睛完全被浮腫、變形的眼瞼覆蓋，好像從額頭裡面突出的圓形腫瘤。另一隻眼睛張開，又黑又圓，像一顆堅硬的鐵球嵌在眼眶內，僵固於眼球中央的虹膜直直瞪著我，似乎隨時要開槍。她發出細細的咕嚕聲，薄如鋅晶，四處散落，閉塞音切斷了她的母音，變成拖長的結巴噪音，每個字都像由年久失修的機器吐出，悲哀如打嗝或咳嗽。

她兩手交疊，唯一睜開的那隻眼睛則牢牢盯著我。她像受到驚嚇一樣從箱子上下來，腳踝併攏，膝蓋向前彎曲，整個身體扭向右邊。她朝我走近一步，整個人沐浴在光線中。稻草色的頭髮，凹陷的胸部，和長短不一的手臂，迸放出一道銀色光暈。她正在研讀我，仔細觀察我，好像盯著我看可以讓她回憶起什麼；她看著我的眼神似乎是很熟悉我這個人。她費力地朝側邊移動，接著後退，臀部抵著門框。嗚咽聲終止了。她張開由兩條變色肉條取而代之的唇，似乎想說些什麼，可是她繼續移動位置，張嘴發出沉默的冷笑，露出嵌在沒有牙齦的黑洞裡的兩排牙齒——活像釘在下顎上的枝狀珊瑚或者碎木——她的舌頭是黑色肉塊，乾燥，但依然發亮而堅硬，像煤炭塊。她突然將頭猛地轉向我，灰暗光線中，我看到她變形如兩棲類動物的臉，她的肌膚露出枯槁肉體的紋理，尖牙搭配骯髒如膿皰的軟骨，讓她的笑容有如蠑螈。

她舉起手撐住臉，手指覆蓋著滿是膿瘡的皮膚，鬆垂如覆蓋在另一隻眼睛上的眼瞼。那隻眼睛只是個白球，裡面是乳白色，外面覆蓋紫色血管，沒有眉毛，也沒有睫毛，只是躺在光禿禿拱形眉下的一坨發硬麵團。我想要離開，但這女人擋住了出口。我踉蹌後退，試著離她遠一點，將自己塞入身後高高堆疊起的紙箱空隙。我感到一股幼稚的恐慌，像是從惡夢中驚醒，夢中，我跌到無底深洞。荒謬的驚恐淹沒我：我是不是吵醒了箱子裡的怪物大軍？那女人再度發出不成人語的嘶嘶聲。

她蹲了下來，將手伸進裙底，用很誇張的動作在那兒翻攪著，好像在幫雙腿間的小嬰兒換尿布。走道傳來開門、關門的聲音，腳步逐漸接近。她找到了她要的東西，從裙子底下拉出來，我還沒看到那東西就已經嫌惡到不行。當她正將那東西放在面前的地板上時，門打開了。兩個身材健壯的綠衣護士走進來，根本沒注意到我，拉住那女人的手臂，拽著她走出走道。

她們剛離開，我就聽到維卡里歐喚我的名字。門再度打開，室外的光亮對照出警長的身影。我看到他眼裡透著飢餓和疲憊。他嘴角轉著牙籤，左手拿著一疊文件。

他問：「你在這裡做什麼？」語氣隱約帶著玩笑意味，「你看起來好像剛剛見鬼了。」

我回答：「沒什麼。」

他說：「跟我過來。」

他急匆匆走向走廊，我來到剛剛那個女人站著的地點，藉著門的遮掩，尋找她留在箱子旁的東西。摸到了：那東西是圓弧形，覆蓋著一層凹凸不平的噁心物質。我拿起來迎光看。那是一顆蛋——母雞下的白色雞蛋，蛋殼裂開，裂縫間滲出一點點白色黏液。我直覺地鬆開手，那顆蛋就在地毯上碎開。光線下，可見蛋殼碎片下是琥珀色的蛋黃飄浮在透明的蛋白上，還有一張小小的黃色方形紙，類似幸運餅裡的紙籤。我拿起那張紙，離開房間。紙上是稚氣的顫抖筆跡：不要相信任何事。

我不知道該怎麼辦，下意識將那張紙塞進皮夾，放在我妻子的護照照片後方。我看到維卡里歐進入另一間房間，等我進去時，他已經坐在桌後。

「你幹嘛一臉驚訝的樣子，『心理』語言學先生？」他的語氣模糊，未說完的句子隱沒不見。起初，我沒有回應。他拉了拉天花板上的日光燈鍊子，白光吞沒四牆。我們停了幾秒鐘以後，忽然同時開口。我以手示意，要他先說。他換了一個問題。

「你昨晚聽那些訪談記錄？好玩嗎？」

「確實挺不錯。」我回答：「我很可能發現了一些東西。雖然不是很肯定，但我想跟丹尼爾談談。」

他問：「跟那個女孩的死有關？」

「不是，不完全是，但可能有關。」

「如果無助於破案，我覺得沒必要讓你跟你的朋友談。」維卡里歐打了個呵欠，明顯不為所動。

我想起昨晚浮上腦海的問題：「警長，請告訴我，」我說：「他們發現『哈克』的屍體——」

「誰的？」

「『哈克』的屍體，丹尼爾都是這樣叫她的。」

「啊，好吧，『哈克』。」

我說：「他們解剖時發現她體內有大量消化到一半的紙張，那是有人強逼她吞下，這就是她的致死原因，是不是？」

「是的，沒錯。」

「那麼，」我繼續說：「根據我的理解，有一張紙幾乎是完好無缺，真的嗎？」

「沒錯。」維卡里歐說：「確實有一張紙『幾乎』是完好無缺，很有可能是她被迫吞下的最後一張紙。」

「好，那告訴我，警長，可以讓我知道那張紙上寫了些什麼嗎？是書的一頁，還是筆記本的一頁？是印刷的？還是手寫的？」

維卡里歐往椅背一靠，縮起雙肩和身軀，將雙腳抬起擺在桌上。金屬椅輪嘎嘎響，猶如顫抖的尖叫聲。「在我的世界裡，」他說：「謀殺的工具沒有意義。它們是武器，不是訊息。那女孩是窒息而死。那些紙張除了是凶器外，沒有任何意義。他們就像是掐死人的一雙手臂——我不在乎手臂上有沒有刺青，只在乎那雙手臂是誰的。我對那些紙張唯一的興趣是有沒有指紋；沒找到。」

「那麼，」我問：「可以讓我看那張紙嗎？」

「你應該也想得到，」維卡里歐說：「那張紙不在我這裡。」

「我知道，」我回答：「可是晚一點，或是明天，可以讓我看那張紙嗎？」

「如果你發誓以後再也不來煩我的話，我就弄個影本給你看。還有，你還是堅持要跟你朋友談談？」

我說：「是的，我必須要跟他談談。我有些事情問他。」維卡里歐警長露出了勉強的笑容。

22

庭院中央砂礫地上，有兩個人動也不動地緊盯著對方的眼睛。要不是因為其中較高的那個人的姿勢幾乎無懈可擊，還真無法分辨誰是病人，誰又是醫師。他們的神情一模一樣，都是一臉驚嚇。他們身後有個女人正在附近一棵樹幹上刻字，不遠處，有個一臉無生氣、眼神死寂的老人正在大聲自言自語。

丹尼爾穿越通往宿舍走道的寬闊入口。神情好像在這三天內老了好幾歲。他的雙眼凹陷，周圍刻著黑色眼圈，眼神飄遠。額頭上的十字傷疤猶如雕刻在光滑大理石塊上的繪畫，臉頰因從未洩漏的嘆息而變得緊繃。他在離我八或九呎外停下，雙手插在褲袋裡。我不知道該不該朝他走過去。

他就站在遠處說：「我以為過幾天你才會回來找我。」他沒有提高音量，自信聲音可以傳過空蕩蕩的庭院。我決定不寒暄了，也沒心情。

「你給了我三條訊息，」我說：「我想我已經解開一部分了，但是不確定它們的意義。」

「我給你的訊息不只如此，」他回答道：「有些是訊息內還有訊息。」

「是沒錯，」我說：「可是我不確定了解。」

「該知道的，你都知道了，」他說：「到了這個階段，不該知道的，你大概也知道了。」

我說：「我知道你從一開始就騙了我，而且在某種程度上是騙了我好幾年。」樹邊的女人發出焦躁的低吟，繼續拿石頭憤怒地在方才她刻上文字的地方重複刻上文字。

「有很長一段時間，」丹尼爾說：「我也沒辦法對你撒謊，因為你不在我身邊。我現在也沒對你撒謊，只是想延後你發現真相，如此而已，但顯然你還是有足夠的線索，及時發現真相。」他音調輕柔，不帶一絲憤恨，但不知為什麼，他的冷靜態度激怒了我。我對他近乎憎惡。

「你殺了兩個人，」我憤恨地說：「或者三個人，對吧？你要在這一次全盤拖出，還是再編一個故事來否認犯行？」

「我從來就無意殺人。」他回道：「事情就這樣發生了，就這麼簡單，古斯塔夫，我可以毫無愧疚地說，與其說我是罪犯，不如說我是個目擊者。我看到我自己，也記得我做了你指控的那些事，卻一點都不覺有錯。這就是他們說的異化疏離嗎？對自己的行為甚至自己的存在覺得陌生，就好像你被關在另一個人的腦袋裡，一個關在罪犯腦袋裡的囚犯？過去這三年來，我就是這種感覺。他們定我的罪，把我關在只有四面牆的斗室內，我自己就是牢房，我的禁閉有著殺人者的臉面。我並不比你更有罪惡感，跟我自己的過去也毫無聯繫。如果這是瘋狂，我就是個瘋子。我想不到其他自我辯護的理由。」

他說完陷入沉默。這是他這幾天來臉上第一次浮現情緒。他咬著嘴唇內側，全身不規則地顫抖，一邊將臉頰往內吸。

「艾黛兒是你的愛人，」我說：「管他是艾黛兒還是茱莉安娜，我不知道你是怎麼叫她，總之她是你的愛人。你帶她到未婚妻的家，讓她住在那兒，兩個女人住在同一屋簷下，這是你對她們的嘲弄。你帶那女孩脫離妓院，讓她成為你的女僕，她反抗此種羞辱，所以你殺了她。你是怎麼說服她離開妓院，接受你的施捨？你為什麼要這樣做？」

丹尼爾的眼神轉向庭院中央。那兩個人依然站在那兒，直直盯著對方的臉，動也不動，連一絲變化都沒有。

「你是這麼認為嗎？」丹尼爾問。「我殺了那個女孩，因為她想要離開我？因為她已經厭倦這個遊戲？那麼，根據你的推測，我殺了我的未婚妻是因為……」

「因為她發現了一些事情。」我打斷他的話，腦子一片混亂，開始口不擇言：「為了掩飾先前的罪行，你殺她滅口，但是這沒有用，因為你崩潰了，撐不下去。有個在文獻小徑的傢伙告訴我整個故事。你要求亞納烏瑪幫你處理屍體。亞納烏瑪已經幫你處理過另一個茱莉安娜，也就是艾黛拉的屍體了。或許你的崩潰不是出自良心有愧，你可能推斷出這一次亞納烏瑪搞不動停屍間的人，因為這個茱莉安娜失蹤，一定會有人調查。她跟另一個女孩不一樣，不是憑空冒出的外地人，不是因為戰爭而流離失所，也不是沒有居所的妓女，更不是沒人會留意她存在的行屍走肉。他們會去調查，而你，不管如何，都會是頭號嫌犯。你之所以會自首，是因為瞞不住了。你預見大型調查會暴露出你前一樁犯的罪，這一次，你也沒辦法辯說神智失常，你扮演瘋人的角色，最後也讓你變成真的瘋子。丹尼爾，你什麼時候要做個了結？」

躲在烏雲後的陽光放射出微弱光芒；待在庭院另一頭長椅旁的女人正搔刮著她以碎片刻在樹上的字跡。

「那女孩不想離開我。」丹尼爾說：「事情跟你想的不一樣。我跟她，昭然不同。我是她傾吐對象，她是我的愛人。我聽她說故事，那場複雜而久遠的戰爭只有透過她的訴說才會變得活靈活現。她能給我另一個茱莉安娜無法給的東西——純粹的生命，從災難中生還的人生。古斯塔夫，從死亡逃脫的人會比其他人更有活力，這就是我從她身上學到的。她有一種從體內毫不費力、不由自主湧生的愛，那就像她的第二層皮膚。她是我所不知道的生命型態。我可以說那是野生的，可又不是這麼一回事。或者是原始，卻又不盡然是我熟知的原始。或許我該用太元初始；跟她在一起，我好像回到原初，回到我尚無記憶的時候，早於我的呱呱落地、安住於子宮內，甚至受精成形前，那是比我的生命還古老的記憶。不，她無須離開我，來證明她不屬於我。她從來就不屬於我。我是她的群眾，她的聽眾；是我的專注聆聽讓她的生命圓滿，而非我的身體或聲音。當我們在一起，不管做愛前或做愛後，聽了她那些關於戰爭的故事，我不免興起一股罪惡感，無法規避，我覺得自己就是那些侵害她、強暴她、傷害她、毆打她，將她推入深淵的怪物之一。另一個茱莉安娜在場時，她會裝成無奈的女僕，除了領薪水，滿足雇主一時興起的各式念頭外，她跟我沒有任何關係。這時我就會在她無言的憤怒中感受到那股旺盛的生存直覺。她比我們任何人都更具生命力，更真實，因為她已經學到這個世界就是敵人，而她得付出一切代價來欺騙它。因為如此，我親近她，也因為如此，到頭來，我開始排拒她。她的距離感帶給我挫敗感；我知道她並不需要我，她不當我是男人，甚至人，她只需要我當聽眾，當個能讓她看見自己倒影的螢幕，或是讓她看到自己的人生倒影是如何反映在另一個人的人生中。她的弱點像個謎，她必須日復一日訴說自己的故事，它就像驅魔儀式，祛除多年來她反覆重建記憶的痛苦，以及生存法則的殘酷。在那個法則裡，她頻頻使用假名、不屬於任何地方、不屬於任何人、不受羈絆，她有的只是用面具、虛飾與微笑大聲構築的謊言。她從沒想過要離開我，因為她需要我當她的聽眾，但是她也不算是真的跟我在一起。她生存在一個由表象、偽裝和欺瞞所建構的武裝世界。這個世界必須廣袤無極限。沒有人可以填滿她的空虛，尤其是我。她需要一些新的男人女人圍繞身邊，每分每秒沉浸於喧囂吵鬧中，那是一個社會求存者組成的嘉年華，人們來來去去，不留痕跡，用汙漬來掩蓋另一個遮掩不了的汙漬——她的過去。她必須成為另一個人，必須經常忘記自己，才能迴避記憶。但總有那麼一個早晨或晚上，回憶圍困了她，把她逼入死角，這時，我的存在才成為必要。但那也只是緩刑。如此而已。我只是看著她，聽她說。我的角色是聽眾，遙遠而次要。另一個茱莉安娜則是我的錨與路標，是一棟可以鎖上門的房子，象徵了有條不紊的未來，如果我的人生是一床大大的白色床單，上面會繡了她的姓名縮寫。反觀，這個茱莉安娜是一個大型劇場，壯闊奇觀。你可以愛上奇觀，奇觀卻不會愛上你，甚至不會意識到你的存在。」

現在已接近中午。幾個親切的護士走過庭院巡視。一個護士走向那兩個站得直挺挺互相盯著對方的男人，她對較高的男人說了些話，那個男人終於伸出手臂，抱住另一個人的肩膀，將他帶進室內。另一個年紀較大、身材細瘦、穿著綠色制服的護士則走向站在樹旁的女人，通知她午餐時間到了。那女人以一副迷惑而慎重的神情看著護士。

我問：「『哈克』跟這件事又有什麼關係？」雖然我無意注視丹尼爾的凹陷眼圈，卻免不了如此，因而感到懊惱。

「毫不相干。」他說。「我跟你發誓過，我對那女孩除了同情，別無其他。我不知道她發生了什麼事，老實說，我也不想知道。」

「你給我的訊息裡沒有她，」我說：「反而提到蘇菲亞。」丹尼爾朝天看，視線遠離庭院的圍籬，遠離他跟我，遠離對話。

「蘇菲亞一直隱身在一切事情背後。從她在兒童之家的房間消失、只留下字條與小紙屋的那天起，她就一直存在我的生命中，現在更甚以往。不管我要做什麼，或曾經做了什麼，不管我想要做什麼，或是準備做什麼，都跟蘇菲亞有關。失去妹妹跟失去一樣日常物品的感覺完全不同。如果你的妹妹憑空消失，接下來，你的一生都得跟這個事實呼吸與共。我不能再多說了，相信我：你會知道全部真相，因為我希望你知道。但現在還不是時候；我還需要幾天的時間。目前，你只是我的聽眾，唯一的聽眾，也是我僅剩的朋友。你可能不覺得你是我的朋友吧，我很難過，但這是真的。那些你未來才會知道的事，現在已逐步發生，其實，透過昨日的訪談，我已經全部告訴你了。」

古書收藏家唸道：有一個社群座落在兩座山脈之間，海拔約一萬三千呎，氣候嚴寒。約五百個居民，有的擁擠住在兩排房子內，有的散居於山區的破敗小屋內，他們是永遠的旅人和牧羊人。兩支不知名的軍隊在城郊交戰；他們通過城鎮前往戰場，或者死於埋伏。城鎮的居民開始一個接一個消失，有的加入軍隊，有的因為牲畜被屠宰、田地被焚毀，只好背著孩子逃亡，有的則是一覺醒來被大卸八塊，隨意埋入坑洞內，此類坑洞越來越多，逐漸取代了原本的草地和田野。有天，有十個人現身於鄰近山凹的入口，其中一人是當地人，另一人一度來過這附近，其餘八人是陌生人，村民詢問他們的目的，並把他們帶到小屋裡。他們屬於哪一隻軍隊？敵人是誰？為什麼他們寧願聽敵人求饒而不乾脆把他們大卸八塊，解除威脅？村民殺了那八個陌生人。他們都是來做戰爭報導的記者，但他們怎麼會知道呢？入夜後，他們又殺了其餘兩人，因為這兩人有可能是這些記者的同夥，或是間諜，也可能都不是。在幾瓶酒的幫助下，他們鼓起勇氣，將屍體拖到洞窟內，他們看到被切成碎片的屍體、被重擊到變形的四肢，一點也不吃驚，也不難過，因為這些受害者再也無法成為加害者。接下來數個月，約一百三十四個居民也會以同樣方式死去，殺害他們的人來自兩方的軍隊：第一個軍隊的暴行，預示了下一個軍隊的傷害，這地方不再有人煙，從此滅絕。鎮上的最後一人在一個乾冷的冬日清晨離去，他漫無目的拖著四個裝滿衣物、十字架、鍋碗瓢盆的箱子，一路碰碰撞撞下山，走過植被和山谷，忍耐著寒氣與傾盆大雨，一天，他走到一座城市入口。大家都看著他，因為他模樣不同，語言不同，他彎曲的指甲深深陷入指腹內。他來到一條街的入口，這街首尾相連，猶如盤繞的大蛇，走在街上，他驚恐莫名：這就是我要來的地方？我究竟是來到什麼樣的地獄？為什麼我當初不留在村子裡？他一直這麼喃喃自語著，當天晚上他睡在街上，其後數年都是如此，在他入睡前看見的最後一樣東西，是個全身如烏鴉般漆黑的男人身影，他手上拿著一本書，一本解剖手冊，手指按著書頁。他睡著了，那男人走向他，繞過他，想著是不是要施捨一些錢，但他沒這麼做，因為他沒有時間了。古書收藏家還有其他事要做。他已經浪費太多個晚上重複同樣的事：夜裡醒來，發現床的另一邊是空的，他在街道上行走，受到陌生人侵擾，走向那棟房子，或是旅館，靠著窗邊，看著茱莉安娜落入深淵中，在那裡，她的身體不只屬於一個男人，而是許多男人，他們輪流揑搓她的胸部，撫弄她的腰兒，攬著她走進二樓的暗影，下樓，如此，又重複。古書收藏家在塔樓的寧靜環境中思索這一切，翻找所有書籍，尋求解答，在這場探索中，他幾乎要喪失神智，他告訴自己，他會和她平靜地分手，或者避免不了以抗議、爭執和說理的方式來贏得她的心，只要他有辦法自他書房的書冊內找到答案。他費力地從一堆書找到另一堆書，但只發現一件事，他書裡的邏輯無法說明茱莉安娜笑容裡駭人的幸福。這是個二元對立的世界，相似物與悖反物之間存在著和諧，也存在著排斥，這就是宇宙的道理，沒有人有權破壞這種秩序，兩物之間必有界線，橫在他跟茱莉安娜之間的是隔離線、疆界與限制，但有時他們也會合而為一。他很了解——世界是由各種對立組成的，對立就是第三元素；只要能夠克服對立，這個世界就會融為一體。茱莉安娜四處徘徊，雙手交疊，張開嘴巴，她像個肉食獸，是個破壞者；那扇窗就是邊界，屬於他這個世界的物體。窗子這一邊是我，丹尼爾，古書收藏家，窗子的另一邊裡則有大量的汗水、眼淚、睡眠、唾液、冗長吶喊，和不安定的徵兆。該如何回復事物的秩序？茱莉安娜必定得消失。她沒有背叛我，但她已經破壞了和平的原則，古書收藏家動身前往回家的路上，心底為他思路的清晰而震驚不已。從擺在神學書籍書櫃後頭的箱子裡，他拿出一個裝著解剖刀、鑷子、鉗子和用過即丟的紙巾小盒子，每樣東西都是無害的醫療專用器具，他以熟練手法準備這些物品，一步一步依照已寫進腦海裡的步驟進行確認。在接下來的時間裡，他會等著茱莉安娜回來，他躺在床上，身上蓋著折疊好的床單，解剖手冊攤開放在床頭櫃上，櫃子後頭擺著一只仿羊皮紙燈罩的油燈，他會聽著她踏上階梯的腳步聲，因酒醉而步履蹣跚，脫下衣物，他會假裝被吵醒，一副嚴重夢遊症的模樣，他會告訴她他睡不著，接著他會第一次替她打開車門，轉動方向盤，第一次朝悖反方向而開，他相信，他能逃離這條首尾相連，如盤繞大蛇的街道，他會離開這座城市，將車子停在懸崖旁，下面是海及貝殼的濃郁氣味。這會是古書收藏家最後一次看到茱莉安娜還活著的模樣，他會抽出放在腰間的解剖刀，走向她。

23

「我們到了。」

「可是我們離目的地還有兩條街。」

「法律規定，我最多只能開到這裡。」

警察總部是一棟高大但冗贅的建築物，就像夢遊的格列佛擱淺在由灰色街道與巷道組成的十字交叉口上。一大群塘鵝包圍著它，繞著電纜線和電話線飛翔，一團鉛色翅膀來回振動，鷲鷹棲息在鑲著鐵欄杆的窗框上，那些欄杆已因長年氧化而與窗框分離。從廣場方向看來，這棟建築猶如一株枯樹，即將要倒在街道上。裡頭則是由形狀不規則的桌子、檔案櫃和一堆堆夾板書櫃組成的迷宮；一群全身充滿煙氣，吵吵鬧鬧的制服警衛，便服警探，和一臉鄙夷、神情枯槁的祕書熙攘穿過走道。在混亂的辦公室後方有一個人來人往的餐廳，裡頭擠滿了穿著藍色制服的警官，他們坐在靠餐廳後頭的三張桌子，充滿戒心的下屬們則像全身長滿蓬毛的羊群，分散為一群群飢餓的顧客，拿著用過即丟的盤子與杯子，吃著米飯、黑豆，和表面有一層厚厚油脂凝結，重鹹又帶有金屬味的湯等單調食物。我看著那些食物，心想，這一定是用人體部位煮成的吧。當我正盯著餐廳看時，維卡里歐現身背後，一隻手擺在我的肩上，我心中湧上一股難以理解的恐慌。

「『心理』語言學家先生，」他說：「我每次遇見你，你的表情就變得越來越有趣。」他抬起已逐漸被牛皮癬侵蝕的手背，抹去嘴角一滴紅色的東西，接著將餐巾紙揉成一團，看也不看就丟進旁邊的垃圾桶裡。

我跟著他攀上一座螺旋梯，每走一步，階梯就發出傾軋聲，爬完一座又有一座，來到一個有山形牆、窗戶往外拱的小房間——外頭街道像是水流翻騰的黑色海洋，穿梭其中的小小人影猶如實驗室的白老鼠。

「能給你的，我都給了，」維卡里歐說：「可是呢，幫助鄰人不求回報，可是違背了我最基本的原則。我沒辦法讓你看法醫在那女孩嘴裡發現的紙，只可以給你副本。就是這個。」

我說：「謝謝。」伸出手抓住那張紙。「我今天早上跟丹尼爾說過話。他堅持他跟『哈克』的死一點關係也沒有，也沒有興趣知道真相。」

他說：「這個嘛，如果你朋友不打算為自己辯護，他就很難拯救自己了。他是唯一的嫌疑犯。雖然這聽起來有點荒謬，但是醫院裡沒有其他人可以取得『凶器』。」他拉長臉頰上的疥瘡，露出制式的笑容。

我問：「什麼意思？」

「那女孩是窒息而死的，」維卡里歐說：「不是嗎？她被人強迫吞下一張張書頁，總共有幾千張。根據護士的證言，你朋友的房間裡有一批藏書，而這些書現在都不見了。我剛剛也說過了，雖然聽起來有點荒謬，但這是我們唯一知道的合理線索。還有一件事實是，醫院裡沒有其他病人有犯罪記錄。你也知道你的朋友三年前犯了謀殺罪，之所以會被關在精神病院是體制的錯誤，或者該說是體制的刻意忽略，但這不是藉口，不代表他沒犯罪。這次的犯行，他推說一無所知，恐怕也難逃審判，還是得面對另一種刑期。另一個法官可能會駁回前判，不讓他繼續住在精神病院裡，畢竟這不是永遠的救贖，只是個意外。」

我手中的那張紙是影印本，同一面書頁，印在正反兩面，其中一面只有右下角有個小小書注與頁碼，餘者空白。另一面則可清晰辨識是書頁，很可能是八開本書籍的摹寫本，或者是煞費苦心地複製了某本手稿。沒錯，除了丹尼爾，醫院沒人有這種東西。我不願洩漏我的想法，寧願不看那上頭的文字。還不是時候。在窗戶下頭的街道上，一輛輛小型巴士卡在車流，喇叭聲尖銳大作，一群街頭流浪動物正在公園棕色坡地上追逐路人。

「所以呢，」維卡里歐說：「你再也幫不上你朋友的忙了，未來幾個星期，只能看著他深陷謊言的羅網裡。我想，等這件事情結束後，你也不會再出現了，對吧？偵探遊戲結束了？你幫不上忙了……讓司法接手吧。你可能覺得那張紙可以帶給你一點樂趣，不過，我請求你，就算你有找到什麼東西，也不要來找我。」

回家路上，我繞去半月咖啡館。一隻胖手將咖啡放在桌上。瘦巴巴的那個雙胞胎正在幫門前的羊齒蕨盆栽澆花，哼著由滑溜音節與終止符組成的單調音樂。我將那張紙放在杯子旁。費力辨識我剛剛出於直覺忍住不看的字。那其實是印刷體，只是影印得不好，字體變得扭曲破碎，看起來才像手寫體。這是我昨晚才讀過的文字。耶和華又吩咐我說：你再取愚昧牧人所用的器具，因我要在這地興起一個牧人。他不看顧喪亡的，不尋找分散的，不醫治受傷的，也不牧養強壯的；卻要吃肥羊的肉，撕裂他的蹄子……這是《撒迦利亞書》最後一個章節。其中一個字被人惡狠狠地在下頭畫了好幾條線：受傷的。丹尼爾在之前已經引用過一次《撒迦利亞書》，這個複本會是證明他有罪的證據。我拿出皮夾，從裡頭抽出那個瘋女人留給我的黃色紙條：別相信任何事。那個女人是誰？她是個什麼樣的信使？這又是條什麼樣的訊息？我很後悔一整天都陷入面對不合理事物時的難堪情緒中，也後悔沒有問丹尼爾，這條無法理解的新訊息，他是不是幕後主使者。維卡里歐說我在扮演偵探，我反倒覺得自己被一群蒙面人偶師操弄著。

我問：「有菸嗎？」我沒抬頭，只知道背後有雙胞胎姊妹的影子，哪一個，無法分辨。一分鐘過後，一個菸盒及一個打火機出現在我的桌上。我已經好幾年沒抽菸了。第一口菸在我的嘴裡留下一股刺癢感。那苦澀的氣味通過身體，白色煙霧從鼻腔裊裊散出。受傷的。用這個字來形容那個給我紙條的女人倒是恰到好處。我記得：她的腳跟裂成兩半，脛骨彎曲，一條腿水腫，另一條腿則虛軟無力，當她張開雙腿，在兩腿之間翻找東西時，我還看到腿上腫脹的靜脈。我記得：那張像幼蟲一樣變形的臉孔，突出的尖牙，赤裸的牙齦猶如去皮的水果，覆蓋在她閉起眼睛上的碎裂肌膚宛如一顆腫瘤。我記得：她站起身時如小矮人一樣的姿態，長短腳走起路來搖搖晃晃，好似東西打碎後又融合在一起般不協調，她在走道上走動時，畸形的腳步就像野獸在跳躍。別相信任何事。她是丹尼爾送來的信使嗎？我記得：那女人的視線直直穿透我，好像在等待我認出她來，接著那顆雞蛋就碎裂在地毯上。我唸道：失去的，年輕的，受傷的，憔悴的。突然間，我明白了。或者我其實並不明白。只是靈光乍現，我記起一張臉，許久許久以前，火災發生那一天；一股可怕的直覺穿透我的骨髓，一個東西滑溜溜地攀上背脊，好似有一條蛇纏繞著我的肋骨一帶。我得要回家才行。我丟了幾張鈔票在桌上，接著跑回家。我跑過六條街，回到我居住的公寓，過去的影像如狂風掃過我的腦海：一道紅熱的火焰自樓梯間的格紋地板竄出；一棟紙做的房子；我勉強將鑰匙塞入門的鑰匙孔；有人拖著塔樓的模型，穿越書架，我翻找電話簿；一個女孩咯咯笑，手指按上鍵盤；我聽見自己問道，我可以跟丹尼爾說話嗎？並解釋我是他的朋友，今天早上才剛見過他；一道牆被火焰吞噬而崩塌，好像過了一輩子那麼久，丹尼爾才接起電話。電話裡，他的聲音微弱而模糊，因為干擾而顯得斷斷續續。我的聲音則像是嚇壞了。「丹尼爾，」我說：「這次不是開玩笑的。我需要你告訴我，蘇菲亞究竟是怎麼了？」

24

「做得好，」丹尼爾說：「我沒想到你這麼快就找到答案。以為我還有一天時間解決要處理的事情。我會將一切都告訴你。」他的聲音單調，好像指尖持續敲擊桌面：孤伶伶、尖銳、細不可聞；電話線將它們原封不動傳了過來，好似這些聲音全都封在一根冰柱內，又像是在洶湧海洋上漂浮的死魚。

「我想給你多一點時間去了解，」他說：「你就可以一點一點挖掘出我的過去。今晚之前，你有理由懷疑我，但是慢慢的，你會釐清，解開謎團，直到你也獨自面對令我痛苦不堪的兩個字——真相。我想你已經猜到了一部分，但是事情的源始，你也在場，就是火災那一天，那天晚上，蘇菲亞決定我們的遊戲已經成熟到可以脫離幻想的模型，進入現實世界，她放火燒了我父母的房子，還有她自己，她就待在火焰中，從內部觀察火焰如何吞噬我們的家。家是灰燼之所在，你記得這句話嗎？蘇菲亞從來就不是個普通的女孩。或許如此，我是家裡唯一讓她覺得能自在相處的人，也是她選來一起執行毀滅大戲的人，她拋棄理性，完全投入這些計畫，但每執行一次，她因為行動不便而造成的孤寂和閉塞感就越形嚴重。她一直都在掌控我的人生；我生命的每一刻呼吸，每一個轉折，每一個迂迴，都有她的幽靈。某個層面來說，蘇菲亞雖然一直跟我在一起，但真正的她早在火災那天就死了。你也看到她了。她只是過去的殘餘影子，不忍卒睹，被火舌與疾病永遠摧毀變形了。

「她以前會說一些讓我驚訝，也嚇壞我父母的話。因此他們寧願要永遠擺脫那女孩，讓她待在兒童之家，為了徹底抹除她的身影，重建的房子還少了一個房間，彷彿那是我們失憶的象徵。我們假裝這個家裡從來就沒有另一個人存在。火災那天晚上，你也看到我發瘋地衝進房子裡，我當時只想著一件事：救我的書房。這幾年來我一直在問自己，為什麼當時從沒想過要救蘇菲亞，為什麼當時我沒想到她可能還在裡頭，她可能還活著，我可能還有機會救她免於火傷。隨著時間過去，我開始相信，我確實有過那些念頭——我確定有罪，我知道妹妹還待在那屋子裡，火焰正在傷害她，但是我選擇忽略。我在房子的殘骸間到處奔走，收集所有我能找到的書，它們就是我的命，卻沒想到該救她的命——可是我也沒有完全忘掉她，這就是為什麼我會這麼痛苦，痛苦到幾乎活不下去：我確實曾經想到她，卻選擇不理。我跑進房子裡，心裡很明白我在做什麼，我能感覺火焰正在吞噬我的書，我也即將變得跟書架上的灰燼煤屑一樣，逃出火場時，我也沒有大聲呼喊蘇菲亞，沒有跑進她的臥室查看，不知道她是不是還留在屋子裡。這件事情我父母不能理解。若蘇菲亞不幸要長年待在兒童之家，跟那些令人窒息的破布娃娃一起生活，在那些幽魂和小丑之間變得萎縮憔悴，逐漸被囚禁所帶來的瘋狂侵蝕，那麼這一切都是我的錯。幾年之後，我決定要做點什麼。

「我想說服父母將蘇菲亞帶回家，給她一個房間，雇用看護，若有必要也可以僱請一個常駐醫師。我的意思是，我想要重建世界，讓我們重新做回一家人，去面對，而不是逃避人生中的黑暗面。他們完全不想理會我。他們已經找到一個比較舒適的生活模式：假裝漠不關心，即使每天早上，每次看到一張空椅子，每次有個多年不見的友人問起家裡那個小女孩，那不真實的偽裝就卡在他們的咽喉和胸口，他們後來不再穿過公園，不想看見在那裡玩耍的孩子們憤怒大喊、興奮尖叫的模樣。我不想成為虛幻劇場的一員。這就是為什麼我把她帶走了。當他們得知蘇菲亞從兒童之家的房間消失，看到她堅持要留下的紙條，以及她要我幫她做的摺紙房子時，我的父母一定覺得，悲劇就此結束了，他們一定在當中看到了善意的天啟，他們可以開始過嶄新的人生——因為他們的女兒即使待在一個有如迷宮的醫院，住在一個偽裝成家的房間裡，隔著距離，她還是控制著他們的人生，她的持續痛苦，她那令人困擾的存在，一直是他們的焦慮，現在他們獲得解放了。這也是為什麼他們只做了最簡單的調查，草率得可憐——全都是為了面子，讓外人可以看到他們的痛苦，短短幾個月而已。當然，內心深處，他們其實很受創。因為他們得用一種傷痛來矯飾令一種悲傷——那就是他們毫不惋惜女兒失蹤，這種漠然才是真正的錐心之痛。他們渴望解脫，妹妹的失蹤讓他們得遂心願。所以現在你知道了：我就是帶走蘇菲亞的人。

「這幾年來我一直把她放在我身邊：我看著她長大，骨頭一根根斷裂，我看過她在關節被撕扯開來發出劈啪聲時還露出笑容，而我每次在她的傷口又被感染時抱著她，陪她度過幾週飢餓又憤怒的療養生活。我看著她變成一個可怕的女人，她的瘋狂越演越烈，執著也越來越嚴重，而我已經學會避開那些情緒了。我曾將她交給醫生和精神科專家治療，我曾擔任她的看護，我曾親手餵她吃飯，我曾在她惡夢呻吟時照顧她，我是她的父親也是母親。我看著她變成一個怪物，看她因失語症而無法言語的痛苦，看她那像老人般的習慣動作，在我腦海中，她那張毀容的臉孔不斷堆疊增加，我在她的臉上看見自己的臉，被呆滯的淒楚吞沒，我夢到我成為她身體的一部分，聽到我的肋骨裂開，變成沙灘上的魚骨，變成碎裂飛機的機身，變成因為一個小動作而全數崩毀的垃圾堆。隨著時間過去，她的病早就好了，但是她的身體已變成畸形的團塊，心中的瘋狂也進展到眼神裡不再有人性。蘇菲亞是個幽魂，是人形的殘餘，一個以攬鏡自娛的鬼祟動物，在模糊的鏡影裡尋找人臉的痕跡。她的畸形就某方面來說讓她挺開心；在她還小的時候，每當她的骨頭斷裂，她會強迫我看她狂喜的神情，為此我受盡折磨。她會大聲慶祝，有時候還刻意弄斷骨頭。疾病就是她最中意的玩具。現在，不管她的情緒如何轉變，我都已經知道接下來除了恐怖沒有別的了，我知道如何辨識她偽裝的好心情，才能避免那種巧妙困住她，只需一點小事，甚或沒有任何動機，就能觸發她如瀑布盛降的殘暴怒氣，我知道她習慣趁人不注意時逃跑，而那正是悲劇的開始。

「三年多前，我讓她住進一間精神病院，那兒離這間醫院不遠，一如以往，她是匿名登記，病例也是我假造的。他們雖然收治她，但並非沒保留，因為她不只心理有病，容易感染莫名病症的體質也讓醫師覺得棘手。就是在那個時候，我把茱莉安娜——我是指艾黛拉——帶到我未婚妻的家裡，我正處於那個把你嚇壞的怪異蜜月期中。每天我都會去她的公寓，在那兒待上幾個小時，觀察那兩個女人的互動，想像她們其實是同一個人。星期天，我會等著艾黛拉回家，開車載她去旅館，在沉迷於她的身體之前或之後，我都會聽她說故事，讓罪惡感淹沒我。有天晚上，我回到父母家時，歐爾嘉遞給我一張電話留言，而訊息內容把她嚇了一跳：有人從醫院打電話給我，想要跟我談談一個女人，老女僕從未聽過那女人的名字。當然，那是蘇菲亞。我打電話到醫院，醫生用顫抖的聲音告訴我，蘇菲亞不見了，看護巡房，沒看到她的人影。他們找遍各處，通知警衛搜尋所有走道、大廳和房間，一無所獲。有一陣子我還以為這是一場夢，醒來我就會發現是罪惡感的記憶開了我一個玩笑。可是，不是的。蘇菲亞逃走了，而這次不是我幹的。那個星期天，我待在艾黛拉的家裡什麼事都沒做，只是不斷鞭笞自己的良心，有條不紊地、大膽地審判自己，火災的那個晚上，我棄她不顧，雖然後來我解放了她，但是沒多久，我再度拋棄她，這是她表達恨意的方式。

「在那一週，那兩個女人在我眼前分離了。在我想像中她們合而為一的身體被切斷，截開，暴露出我慾望中錯亂的一面。接下來那個週日，我到艾黛拉家時做了一個決定，打算終止我們的關係。她不需要再服侍我，我也不需要再困住自己，我也會告訴另一個茱莉安娜，我們的關係已經不具意義。那個中午艾黛拉會在家等我。我敲了好幾次門，都沒有回應，我轉動門把，它應聲而開。前廳有一張翻倒的桌子，瓷器鳥兒的碎片四散，地上還有花朵和水漬；在更衣屏風的下面，我看到幾滴血跡，而在起居室舊沙發旁的凳子上，我看到一小塊泥巴，顏色是紫紅色，猶如傷痕。我在浴室找到艾黛拉的屍體，她雙腿曲折倒在浴缸內，雙手張開，宛如撞上窗戶掉落地面的鳥兒。赤裸的身軀上刻著兩道又長又細的傷口，冒出細如泡沫的血跡，好像兩條切口被釘合起來，亂糟糟的縫線把她的肌膚縫在骨骼上；在她胸部下方可以看到肋骨從皮膚穿透出來，好像由內往外戳刺的刀子。她的雙手和雙腳有燙傷，像腫脹的灰色棒子，上頭布滿坑疤，黑色斑痕從她的手腳一路向下，直到底端透明的手指甲和腳趾甲——她身上唯一完好無缺的地方。放在她腿間的浴簾和小型浴室地毯也一起被燒毀，地板一灘灘的髒水上漂浮著如群島的黑灰。我噁心欲吐，劇烈作嘔，吐出一堆黃色膽汁。我離開浴室，茫然失措，呆若木雞，完全不知道該怎麼辦。房子中央擺放著一個白色的摺紙房子，門上繪著一個紅心，紙上還有四個沾染棕色血液的指紋：我整個人陷入瘋狂，極度恐懼。

「第二天早上，我去找亞納烏瑪。這一部分的故事你已經知道了。由於我都不現身，蘇菲亞察覺到我的背叛，覺得她受到嘲弄，跟蹤我到艾黛拉的家，發現一個屋簷兩個女人的陰謀，興起唯有小女孩看到哥哥女友的那種稚氣醋意，決定終止這件事，用她唯一知曉的手段來給我一個教訓：那就是能根除巫術，釋放東方三博士胸前天使，並讓勇敢的王子在無明夜裡發出痛苦呻吟的火刑，這火可以對抗邪惡，但也偏愛邪惡，可以淨化，也可以離間，既可剝奪，也可以讓你滿手豐盈，在燒焦一切之前，它能讓剛強變柔軟，生的變熟的。她刺殺了艾黛拉，然後在屍體上點火。點燃的並不是火堆，而是火焰的迷宮，不是嗎？你記得那一句話嗎？發生過的事還會再發生一次。這一句話是出自多年前我們在舊家玩遊戲時，排演過好幾次的舞台劇台詞。兩週後，蘇菲亞殺了另一個茱莉安娜。我之所以承認第二樁謀殺案，是為了換得我妹妹的清白，我想要洗清心中的羞愧，雖然我永遠也無法洗清我的罪孽，儘管我妹妹永遠無法了解這一點。我發現我的未婚妻死在床上。蘇菲亞用刀子刺穿她的身體，還用上百根火柴燒她的大腿，火柴棒散落各處，她還點燃茱莉安娜的頭髮，讓她的臉被包圍在一團火焰中。最後，她在茱莉安娜身上澆了一桶水，確保她不致燒成焦炭，我依然可以辨識出水泡下的臉孔。

「我整個人茫然失措，在附近到處尋找白色的紙房子，但什麼都沒有找到。我搜遍整間公寓，不漏過任何房間，任何地方，後來在櫥櫃旁的陰暗角落，找到蘇菲亞卡在儲藏箱跟牛奶瓶、油罐間。她盯著我，變形的臉上是復仇天使的嚴厲神情。我想請亞納烏瑪再幫我一次忙。我真的去找他了，但是他拒絕了，我也領悟到此計不可行，或許也沒用。會有人想找茱莉安娜，她的朋友會立刻發現她失蹤，警察會來質問我。我能同時藏匿蘇菲亞又主張自己的清白嗎？肯定做不到。警察需要一個罪犯，這樣他們就不會再到處探東探西，挖掘出我唯一想要隱瞞的祕密，我的祕密妹妹，行屍走肉的妹妹，瘋狂的妹妹。所以我才要假裝自殺跟自首。但是，在這之前，我得確認蘇菲亞不會落入狼群。就在那個晚上，我來到這家醫院，火速辦理手續，讓她住進來。我妹妹就在這裡，她用了另一個人的身分，住在另一頭的醫院裡，我也已經預付了好幾年的費用。所以當我那一無所知的母親打算影響法官的判決時，我堅持，若我的刑罰得以減輕，我要住進這間醫院。我要知道她就在我身邊，我要能照顧她，不讓其他人遭她毒手。但是我沒想到母親的賄賂有這麼大的效果，不僅讓我免於牢獄，還不必跟危險病人住在一起。可是我將蘇菲亞安排到那邊的病房，如此一來，我見不到蘇菲亞，但是她的某些行動讓我確知她仍在這兒，是她殺了哈克。是她用書頁塞滿哈克的身體，讓她窒息而死，用的還是那天早上我送她入院時，遺留在她房內的書本，我也是在那天偽裝自殺的。哈克屍體被發現的那天，我走進她的房間，看到一條彎彎曲曲的鋼線，蘇菲亞用那來把書頁塞進她的嘴巴裡，一路推到胃部，一半的書頁已經消化，變成驗屍官解剖時找到的一團團古怪且呈乳白色的球狀物體。我拿起那根鋼線，藏在衣服底下。我也看到床上擺著一張紙，寫了《撒迦利亞書》的引言，還有人在一個字底下畫線。我知道那是用來誣陷我的證據。我看了紙張上的文字以後，將它折疊起來，放進哈克已經塞滿紙張碎片、部分碎片還冒到外面的嘴裡。我就是這樣將所有線索拼湊起來，所以我把書全丟了，我找了幾個信使，接著打電話給你，我知道你一開始會認定是我幹的，卻也估計你遲早會找到真相，過去這幾星期，我被關在牢獄裡，在那些單調重複的夜裡，我需要你相信這些事全是我幹的，也需要你逐漸看清我的無罪，我相信你辦得到，卻不相信你可以這麼快，這是我犯的另一個錯誤。現在，該知道的你都知道了，我已無話可說，除了一件事以外。我請求你，看在友情的分上，請保守這個我付出一生代價的祕密。我需要你保持沉默，至少再維持個一天一夜。」

丹尼爾掛上電話後，我還一直將話筒壓在耳朵上許久，聽著電話另一端的空洞回音，接著是斷線後的死寂聲，它嗚嗚入侵我的腦袋，宛如在求救。方窗外，黃昏已轉為黑夜，公園另一頭住家裡的剪影也因黑暗而顯得薄細。我一直站著，雙眼無法視物，迷失在潛伏於樹枝頂端的低雲，天上沒有星星，樹幹上也沒有鳥鳴，一切黯淡無光，這城市就像個晦暗的穹頂倒扣。

不知道經過了多久，夜色掩蓋了這條街上所有物體，一條條白色霧氣取代了公園的圍籬，草地看起來猶如一池水潭，信號標誌閃爍迷離，是唯一可見的人造物。幾條街之外，暗夜裡放射出一股橘光，像一塊污跡，如水母般漂移，在空中繞轉著，變換成各種不同樣態。那光越來越強，變成一長條紅色火焰，當中升起一柱煙氣，比被無色之雲包裹的夜空還要黑。是火災。

我跑下樓到大廳，沿著公園邊的人行道斜對角跑向醫院，朝著火災地點奔去。我的腳步沒有絲毫猶豫，內心卻是焦躁不安，我擔憂自己預期的事情會發生，也很害怕親眼見證。我不需要走太遠，就可以確認失火地點確實是醫院，那道長屋頂的一部分被深不可測、歇斯底里四處擴散的火球包圍，將一切捲入火焰迷宮。消防車的鳴笛聲蓋過了病人的吼叫，他們全跑到街道上，臉上帶著難得獲得自由的恍惚神情，僵硬如稻草人的身體四處穿梭，碎片氣流與木頭齎粉在蒸騰水氣與煙雲中化成泥巴雨，落在他們身上。他們奔竄至大街上，對著這個無法逆轉的世界發出怒吼，以狂風之姿盡情掠奪侵襲。此刻，世界已經染成紅黑兩色，而他們就像憤怒的怪物大軍，對著夜晚噴吐他們的怒吼，大火釋放了他們的仇恨與威淫，他們是騎乘末日大火而降的乘客。

崩塌的屋頂已經壓垮醫院的外環圍牆，不知為什麼，我走了進去，踩過地板上的斷垣殘壁，魂不守舍往前行，好像十指纖纖的手臂在召喚我，而我毫不抗拒，陷入催眠迷幻狀態，一步步邁向屋內。我進入鋪了碎石和沙石的庭院。兩株樹已如斷骨碎裂，好像為了逃避火焰彎伏在地，原本曲折長廊的殘骸已經變成熔岩，流過石塊，碎石，一疊疊燃燒的紙箱，以及燒到只剩破敗金屬骨架的沙發。黑色的風與氣流夾雜著逐漸腐蝕我肺部的微小灰燼，就在那股氣流中心，我看到丹尼爾端坐在夢魘迷宮，雙手抱著筆直躺在他懷裡的東西，在一根燃燒木梁砸中我之前，我看出那是一個女人，或者我認為那是一個女人：不要相信任何事。她的臉是變形的魚臉，斷裂的手臂，僵硬的腿，閉起的一隻眼睛上蓋著腫瘤，另一隻眼睜開，享受眼前的景觀，這是她夢想中的瘋狂煙火秀最後一幕。那個女人是蘇菲亞，與哥哥雙雙命喪這場許久以前就已經在童年遊戲中點燃，而後冗長燃燒一輩子的火災裡。

古書收藏家唸道：有個國家發生了戰爭，十五年來的殺戮造成六萬多人死亡，每個還活著的人都可以說出一個悲劇故事。犯罪者和生存者都變得失魂落魄，不久之後，大城市的宮殿成為收容所，那些知道漫長惡夜尚未結束、感覺永劫不復的人，慢慢學會容忍彼此。原本浪遊擁擠街頭的人組成了團體，找到了新的秩序，就在一度廢棄的街頭建立了一個人口眾多的國家，大家團結起來，犯罪者和生存者都同意遵守一個新規則：沒有人可以談論過去。有些人無法理解過去的歷史怎麼能不留下隻紙片字，他們彼此群聚，因此有人蓋了一座醫院收容他們，這座醫院是由兩棟完全相同的建築組成，但兩座醫院間無法通行，每座醫院中央都有一個庭院，舖著碎石和沙石，先是兩個孩子住進來了，他們說看到被私刑處死的父親，雙腳懸在空中；接著是一個老人，他信誓旦旦許多年前的一個晚上，他被傳說中那種有風箱、齒輪與強暴機器的刑具刑求。接著是一個齒舌發綠的男孩，他說他的父親死而復活，但是回來時有三十個脖子、六十個眼珠、六百隻手臂。還有一個叫做以撒或以實瑪利的年輕人，為了受訓而殺了一個叫亞伯拉罕的人，但一直沒人告訴他那個教誨是什麼；醫院裡還收容一個老人，他有六個兒子，他們能指稱毛髮、牙齒、尾巴，卻不明說那是隻老鼠；還有一個病人是五百人城鎮的最後一名居民，那城鎮有四十個人（包括他在內）只是出於恐懼，殺了八個記者和兩名友人，接下來他們一個接一個地死去，怎麼死的跟為什麼而死，都不知道；還有一個不記得自己名字的年輕女孩，肩上總是裹著一張彩色毯子，彷彿背著一個不存在的嬰孩，她只會說：哈克；還有一個因愛和孤寂而瘋狂的古書收藏家，想要依照他從書中學來的一切，讓這個世界回復秩序，這一天，他聚集了他身邊的人，一群幽魂和迷失靈魂所組成的圈子，坐在沒有遮蔭的樹下，對他們訴說自己的故事，只為逃離一切，只為成為他們其中一員。

完

國家圖書館出版品預行編目資料

利馬古書商 / 古斯塔沃.法夫隆—帕特里奧(Gustavo Faveron-Patriau)著；顏慧儀譯. -- 初版. -- 臺北市：商周出版：家庭傳媒城邦分公司發行, 2014.11
譯自：El anticuario
ISBN 978-986-272-687-7(平裝)

885.8257 103020875

利馬古書商 El Anticuario

作　　者／古斯塔沃・法夫隆—帕特里奧（Gustavo Faverón-Patriau）
譯　　者／顏慧儀
企劃選書／何穎怡
責任編輯／余筱嵐

版　　權／吳亭儀、林欣瑜
行銷業務／周佑潔、黃崇華、張媖茜
總 編 輯／黃靖卉
總 經 理／彭之琬
事業群總經理／黃淑貞
發 行 人／何飛鵬
法律顧問／元禾法律事務所 王子文律師
出　　版／商周出版
台北市104民生東路二段141號9樓
電話：(02) 25007008　傳真：(02)25007759
E-mail：bwp.service@cite.com.tw
Blog：http://bwp25007008.pixnet.net/blog
發　　行／英屬蓋曼群島商家庭傳媒股份有限公司 城邦分公司
台北市中山區民生東路二段141號2樓
書虫客服服務專線：02-25007718；25007719
服務時間：週一至週五上午09:30-12:00；下午13:30-17:00
24小時傳眞專線：02-25001990；25001991
劃撥帳號：19863813；戶名：書虫股份有限公司
讀者服務信箱：service@readingclub.com.tw
城邦讀書花園：www.cite.com.tw
香港發行所／城邦（香港）出版集團有限公司
香港灣仔駱克道193號東超商業中心1樓；E-mail：hkcite@biznetvigator.com
電話：(852) 25086231　傳眞：(852) 25789337
馬新發行所／城邦（馬新）出版集團 Cite (M) Sdn. Bhd.
41, Jalan Radin Anum, Bandar Baru Sri Petaling, 57000 Kuala Lumpur, Malaysia.
Tel: (603) 90578822　Fax: (603) 90576622　Email: cite@cite.com.my

封面設計／朱陳毅
排　　版／極翔企業有限公司
印　　刷／章懋實業有限公司
總 經 銷／聯合發行股份有限公司　新北市樹林區佳園路二段70-1號
地址：新北市231新店區寶橋路235巷6弄6號2樓
電話：(02)2917-8022　傳眞：(02)2911-0053

■2014年11月27日初版
■2020年5月11日初版3.3刷
定價300元

Printed in Taiwan

Original title: El Anticuario

城邦讀書花園
www.cite.com.tw

 ISBN 978-986-272-687-7